ACERVO DE MALDIZER

Copyright © 2008 by Wanderley Guilherme dos Santos

Direitos desta edição reservados
com exclusividade à
EDITORA ROCCO LTDA.
Av. Presidente Wilson, 231 – 8º andar
20030-021 – Rio de Janeiro – RJ
Tel.: (21) 3525-2000 – Fax: (21) 3525-2001
rocco@rocco.com.br
www.rocco.com.br

*Printed in Brazil*/Impresso no Brasil

preparação de originais: Julia Marinho

CIP-Brasil. Catalogação-na-fonte.
Sindicato Nacional dos Editores de Livros, RJ.

S239a

Santos, Wanderley Guilherme dos, 1935-
    Acervo de maldizer / Wanderley Guilherme dos Santos.
– Rio de Janeiro: Rocco, 2008.

ISBN 978-85-325-1757-9

1. Romance brasileiro. I. Título.

08-0688            CDD-869.93
                        CDU- 821.134.3(81)-3

Wanderley Guilherme dos Santos

# ACERVO DE MALDIZER

Rocco

# I
# EM 24 DE JANEIRO AMANHECI

Em 24 de janeiro de 2004 amanheci velho. Completou-se a integral dos sintomas preliminares. Não bastasse o sangue matinal das gengivas e as pálpebras em queda livre, as maçãs inexplicáveis, de um lado e de outro, afastavam a hipótese de um traumatismo durante a noite. Pareciam polidas e lustrosas, projetadas, o que as ressaltava em meio ao duvidoso viço do resto da face. O pomo da face direita acordara intumescido, logo abaixo da vista, enquanto a pálpebra do olho esquerdo seria descrita como semi-inchada, além de trôpega, ao que parece vítima de uma bebedeira autônoma. A expressão geral do rosto hesitava entre o colorir-se ainda uma vez e o desânimo definitivo. Mas ainda havia tempo, aconselhei-me. A pele talvez cedesse a discreto lifting, sem cirurgia, mantendo a disciplina na aplicação de hidrantes, esfoliantes e, quando indispensável, inserções de botox nas áreas carcomidas. Essa era a pele do rosto. A do peito e a das partes interna e externa dos braços, que se crestavam, recuperariam algum frescor, não muito, caso o tônus muscular do tórax fosse restaurado. Revigoramento muscular também recomendável para as coxas, as panturrilhas, para a flexibilidade no movimento dos pés — mas, esta, desde que subordinada a exercícios especiais para os tendões, distribuídos todos como rede elétrica ultra-sensível, há muito nada cooperativa. Para todo efeito de conseqüências desconfortáveis, tendões e terminais nervosos se equivalem; a tratar de uns, melhor se tratarem todos.

Até aí, imaginava, ainda havia esperança. Recompostas a face e a fala habitual, com secreto número de implantes dentários, restava a extirpação dos seios recém-adquiridos, das cartilagens e da matéria adiposa entre o final do esterno e o início do púbis. Dieta de presídio, aquela comida anorética, associada à rotina de extraordinário número de ginásticas especiais, exame vestibular para lutadores, soldados ou justiceiros a soldo, prometiam dar fim às aberrações corporais, conquistadas com pertinaz aplicação de negligência. Menos na rigidez da nuca, incapaz de voltar-se até o ombro e de olhar as estrelas românticas, as que estacionam acima de nossas cabeças. Na melhor das hipóteses, dava para observar longínqua claridade de anônimos astros no fundo do céu, à frente, certamente réstia testemunhal de um deles, exânime, morto há nem se sabe quantos bilhões de anos. Nada a fazer, salvo tentar manter a mobilidade comprometida no estágio que tenha atingido — na realidade, apenas reduzir o ritmo da procissão de ossos em implosão. Cada vez menos discreta surdez estimulou a inclinação à misantropia, legado de uma depressão adolescente.

A devastação ia longe, sem sequer mencionar a queda na libido, o encolhimento dos escrotos, jatos de esperma muito de quando em vez, sob formato de jardim-de-infância – um ridículo filete, com certeza insuficiente para exame de DNA, em caso de paternidade contestada ou imputado assassinato. Pílulas concederiam sobrevida à volúpia e à lascívia agonizantes, sustentando temporariamente o pênis, mas não havia solução para a anunciada seca de sêmen. As palavras sujas jorradas dentro dos ouvidos, ajutório da excitação e fogosidade, desapareceram. Antes o silêncio do que estentórias exclamações de gozo. Ou, pior, o diálogo da humilhação noturna:
– Me come!
– O quê?
– Me come!
– O QUÊ
– ME COMEEE!!!
Patético. Ainda assim, estando a próstata livre de caroços naquele mês, e a região cardíaca e suas incertezas sob controle, era tentador apresentar-me como sempre, isto é, um eterno calouro nas lides da existência. Não fora aquele 24 de janeiro de 2004, uma sexta-feira, as unhas das mãos enfraquecidas, as dos pés endurecidas e de coloração defunta, amarelada.

Palavras e expressões tais como isquemia, radiografia transretal prostática, extra-sístoles geminadas e outras tantas de inesperada floração harmônica emprestaram sofisticação a meu vocabulário, inaugurando, sem gaias manifestações de boas-vindas, o desolador território de incidentes biográficos que antecedem a interrupção, antes que a passagem. É ainda a incansável esperança que imagina a morte como transcurso, enquanto o desespero a vê como choque inelástico que interrompe o curso. Façam jogo. Cheiros nunca dantes percebidos, suores, arritmias, membros inexplicavelmente avolumados (mas o que faz esse tornozelo assim inchado?), comércio de mórbidas impressões com vizinhos de expectativa em ante-salas de laboratórios (e o bom colesterol, garante?), desamparado interlúdio entre um e outro exame, olhos acuados, sendo a única semelhança comungando as vidas ali congregadas não mais do que a perspectiva por enquanto hipotética, mas perceptível, de perdê-las. Há um encontro marcado de que se ignora a data e o local, mas a que todos comparecem nem um minuto a mais ou a menos. Uma ante-sala clínica funciona como balcão de informações sobre possíveis locais e datas, marcando intervenções cirúrgicas, extração de tumores, quimioterapia, sendo dispensáveis a confirmação do convidado ou a preocupação com o traje exigido. Lembrei-me de Mário de Sá Carneiro: "Eu quero, por força, ir de burro." Opção que o Portugal moderno não mais oferece. O que não se é capaz de pensar para não pensar. Estávamos no dia anterior, quinta-feira, 23 de janeiro.

Agora, em 24 de janeiro, eventos mais do que possíveis, prováveis, sem advertências, se intrometeram entre as sombras naturais do dia. As dores acumulavam-se, invisíveis, minúsculas, só para incomodar o esquecimento. Nunca, entretanto, acontecera de se acumpliciarem em exibição simultânea. Intervalados, ora um, ora outro, ora um terceiro desastre, entre os vários aqui omitidos, convocavam a um reparo tópico de comprovada e rápida eficácia. Foi quando o transitório e o evanescente, para assombro de todos que ultrapassam o limiar de seu particular 24 de janeiro, substituíram o perene e a eternidade. Nada devia permanecer por muito tempo. Permanecer e decair são sinônimos univitelinos. Apenas o que é fugaz satisfaz exaustivamente, pois a combustão que o consome confunde-se com sua definição: só é propriamente fugaz o que se desaparece, quase instantaneamente, tanto que jamais alcança a consciência de que é, com efeito, efêmero. O efetivamente efêmero não chega a conhecer-se. A freqüente excentricidade de homens maduros, alterando drasticamente hábitos de consumo e comportamento, resulta da expectativa de que, consumindo-se no momento, os hábitos não somem minutos, os minutos horas, as horas dias, e os dias anos. Mas a história passa por desvios e a fileira de minutos, horas, dias, anos subitamente se vê interrompida por um improviso da natureza (por isso os mortos têm cara de espanto). Ensaio de vudu psicológico, os homens a caminho da senectude sustentam a tese paracientífica de que o tempo precisa de tempo para passar e de que o efêmero teria insuficiente duração para registrar essa passagem. Em paradoxal reviravolta cosmológica, o efêmero terminaria sendo mais lento do que a duração do não-efêmero. Daí a morosidade do gestual provecto, certo de que a senectude aprisiona o tempo natural em passos comedidos, passos efêmeros.

Quimeras. Impossível fingir fugacidade quando assombrado por polifônico conjunto de discretas degradações. As degradações não passam, como as paixões, com o tempo; como a saudade, com o tempo elas se acentuam. Ao decadente estão vedados o alfa e o ômega, o permanente e o efêmero. O colorido do cabelo tisnado constrange. Não condiz. O fugaz trapaceia e o encontro de trapaceiros, dia após dia, noite após noite, oferece aos estranhos a cruzada cômica das fugas fracassadas, uma superlativamente esquisita mascarada de notívagos, ainda que ao clamor do sol. Amanhecer velho é amanhecer nublado. Tal como naquela sexta-feira, dia 24 de janeiro de 2004.

Foi um nada. Um movimento mais lento do tronco, ou mais apressado, quem sabe, e apreendi um segmento assustador da face. Como esbarrar de súbito em um desconhecido e, por um momento, entre surpreso e em guarda, ficar em dúvida se aquele a quem olha e que o olha parece mesmo familiar ou sintética impressão. É ver-se, ou melhor, espionar-se sem se dar conta, uma bisbilhotice involuntária, e forçar a memória para rememorar aonde fora apresentado àquela cara de surpresa, que o olha como se o reconhecesse. É que, sem sobreaviso, escorre o calafrio de perceber que todos os rostos haviam sido vistos, menos, até então, o seu. Quer dizer, aquele rosto, flagrado involuntariamente, não era o mesmo rosto por barbear que todas as manhãs reencontrava no espelho. Cansado, sim, mas amistoso, hospitaleiro. O novo ângulo, o enquadramento como que de um fotógrafo malicioso, foi de uma destrutiva casualidade. Impossível, desde então, pretender indiferença. Era assim que os outros me viam. Quem seria capaz de simpatizar com aquela face? Eu, não; eu era dúvidas, não me levava a sério. Ou melhor, não levava aquela cara insuportável a sério. Nem era atraente. A lembrança de minhas insinuações junto a mulheres castigava o orgulho. Que desprezos não terei merecido, comentários humorísticos, conquanto discretos, entre damas educadas, adormecidas as rejeições da infância e adolescência? Ali, naquela sexta-feira espetáculo, a consciência foi estuprada pela imagem do diabólico esvair-se do presente. O presente é um módulo de tempo que a cada vinte e quatro horas reduz a reserva de futuro.

Soube imediatamente quando iniciei o aprendizado de instintos ferozes: retirava dezenas de anos aos rostos deformados e corpos paraplégicos e os via solares, decantados. *Divertissement* de competidor intimorato. Hoje, retroajo. Observo as juvenis faixas etárias e calculo o quanto serão fúnebres as expressões dos rostos, empalidecidas as lembranças de corpos, em breve, muito breve. Espelhos uns dos outros, raivosos, porque entre si se impedem de esquecer a própria cara, pele, ossos. Na verdade, o prazer do exercício de vingança mental contra o frescor alheio se esgotou cedo. Um tanto por resíduo de senso de ridículo, outro tanto pela óbvia conclusão de que a decadência de terceiros era absolutamente irrelevante para o apaziguamento da consciência da decomposição que era minha, pessoal e intransferível. Impossível enviar flores em lugar de seu próprio cadáver.

Deve ter havido um primeiro momento em que passei sem ser notado; fui eu que não o notei. Indiferença acima do desprezo, cegueiras espirituais, olfatos embotados, eu tornara-me incapaz de atingir os sentidos dos jovens que me protegiam do trânsito, advertiam-me para o perigo dos cães a passeio, e sorriam condescendentes. Aprendi dolorosamente o significado da palavra "impotente" sem o ser. Ou melhor, rigorosamente, era. Não havia como medir forças com a força vital em franco alvorecer. Era impotente, sim, indefeso, inofensivo. Estava escrito na invisibilidade que me fora doada como prêmio de longevidade. Só era reconhecido pelos porteiros dos edifícios da trajetória dominical (outra novidade etária), pelos lavadores de automóveis, guardadores de carros, e até os habituais mendigos das mesmas esquinas me tratavam com democrática familiaridade. Não havia esperança de um comércio de opiniões em outro círculo social. Todos me ouviam com a atenção devida a quem está mal informado. Depois passavam a outro assunto. Não havia ninguém melhor informado do que eu. Não importava, eu ocupava a margem de baixo do rio e não haveria quem os convencesse de que não fora eu o poluidor do córrego de cima. Era, agora, um cordeirinho. Sem me dar conta, haviam-me posto escada abaixo na escala da existência. E quando me dei conta, os degraus acima rangiam ao peso de uma superpopulação; perdera meu lugar social.

Fevereiro é o mês do ódio antecipado ("Parabéns pra você, muitos anos de vida"). À noite da vida, todos os mares são negros, todas as festas, velórios, todos os cânticos, cantochões. À noite da vida tudo é indesculpável, teu resfriado alérgico, a cervical incômoda, o ofego premonitório. A cadeira que era tua foi doada, os livros oferecidos a brechós, os discos simplesmente entregues ao lixo semanal; agora, ouvem-se CDs. Ninguém se interessa pela coleção de fotografias que historiam a sucessão da parentela, o ancestral ilustre, ramos secundários de primos e primas. Os cadernos escolares que guardastes, não os teus, de teus filhos, têm permissão de sobrevida no armário de inutilidades. Há uma franca antipatia por tudo que lembre. À noite da vida tudo é noite, que a visão se foi.

    Vivi uma adolescência de cemitérios. Nasceram com meus olhos espantados na estréia da morte em minha vida. Fora-se meu pai, cujo rosto parentes, minha mãe entre eles, me obrigaram a beijar, por despedida, e que, assustado, descobri ser um arremedo de rosto, de uma rigidez e temperatura inumanas. Claro, ele não estava mais entre nós, e só eu recebi o esclarecimento como relâmpago. Fui incapaz de lamentar aquela presença de fancaria, e tudo o mais se revelou teatral, oco, insuportáveis as lágrimas maternas, os olhares piedosos de encomenda. Fingi um desmaio, mas o mal postiço, só para confirmar o enredo em evolução, foi aceito como verídico. Levaram-me para um cômodo em que me deitaram, e onde, de barriga para cima, fitava o teto até o momento em que, por entre berros e exaltações das marcações finais do texto, levaram o defunto embora. Nunca aplaudi a farsa da morte de meu pai. Nem a chorei nunca.

Eram poucos os cemitérios, então; um deles, aquele que atemorizava minha consciência, onde, imóveis, eu supunha, me aguardavam o cadáver de meu ex-pai e o número de herança da tumba inaugural, integrava a paisagem da rua em que morava uma esquecida namorada. Sempre que a deixava vinha esperar a condução encostado aos seus muros. Habituei-me àquele espaço e dele foi que me nasceu o sentido de propriedade na espécie de um número de tumba. Sou proprietário em São João Batista, disse uma única vez, ao modo de humorista, em jantar de esporte fino. Não fez sucesso. Uma dessas inesquecíveis gafes, de má lembrança, especialmente porque desde então a frase soava como o início de um samba de breque, que eu lutava para não compor: "Sou proprietário/em São João Batista/neste mundo otário/ter alma de artista/não basta, é necessário/ser proprietário/em São João Batista/ tarãrã, tarãrã." Horrível.

Hoje, muitos jazigos visitados, endereços conhecidos, os cemitérios acumulam histórias apagadas, heroísmos inconseqüentes, perversões impunes. Passantes vão à vida sem lhes dar notícia, embora, definitivamente, venham a ser anônimos *post mortem*, contrariando lápides de saudade, as flores que só desabrocham em novembro e visitas esporádicas. Os cemitérios jazem. Sudários de infinito silêncio, vítimas de um câncer que reproduz minimalistas ausências em todas as direções, ocupando os interstícios da energia negra, raptora da luz e do som, jamais vista, câncer tão denso que amordaça as palavras dos já idos. O silêncio que jaz nos cemitérios testemunha o desespero dos inconformados, a raiva dos rebeldes inofensivos, no estrebuchar comum das frases, das palavras seccionadas pela imperturbável guilhotina do último alento. O silêncio é o silêncio e nada se ouve. Nada.

A ambição de não ser um morto desconhecido, um morto indigente, sem nome. Ter os nomes registrados em mármore ou cimento. Não resta mais nada e nada restará quando as campas, os jazigos, as gavetas de ossos numerados submergirem tendo por cobertura o caixão, a terra e os despojos de outros mortos. A tortura maior, depois da morte, é o esquecimento mútuo. Antes, em antevisão do significado radical do desaparecimento, alguém se dá conta de que não mais existe em outra memória além da própria. Lembrar sem ser lembrado. É isto a solidão. Quando nem de si mesmo conseguir lembrar-se, é isto a morte. Basta de procrastinações. Chega de tergiversações. A primeira mulher, menina ainda, que me fez descobrir o verdadeiro espanto e o verdadeiro deslumbramento perguntou se eu não me enxergava. Claro que sim, pensei. Nasci feio e naturalmente antipático. Sustento um arremedo de civilidade por não mais do que duas gafes. Depois, radicalizo. Surpreendente é ter tido amantes, no sentido próprio da expressão, apesar de jamais ter sido convencido pelas declarações, e gestos, e renúncias, e abandonos. Por isso, entreguei-me uma só vez, e foi amargo. Nunca direi seu nome, tendo absoluta clareza, entretanto, da inutilidade de semelhante gesto de dignidade. Então, direi: Rose. Ela não soube da mácula produzida e seria indiferente ao meu mutismo. Nada do que eu faça seria semântica para ela, somente sintaxe. Desde então, fiz do mundo social uma arquitetura de sintaxe privada. Especialista em semânticas sutis, delas me beneficiei, pretendendo corresponder, e reconheço, sem modéstia, que raramente falhei na hermenêutica do próximo. O segredo da semântica humana encontra-se por inteiro na sintaxe, de que, na realidade, é que são feitos homens e mulheres. Poucos significam veramente o que insinuam. A regra fundamental do jogo resume-se à troca de sintaxes por meios semânticos. Declarações de amor são manobras experimentais de construção vocabular. A poesia é a mais hipócrita das sintaxes. Amar é ter, e ponto final.

Quando a ferrugem entrou em minha vida, não sei. Ainda era viço e potência, mas as roupas entendiam melhor do que eu os rumores que se aproximavam, confundidos com os barulhos da rua. Acompanho nos ternos nunca vestidos, nos cintos e gravatas cheios de bolor, nas camisas mofadas as etapas da vida dispostas no armário: aqui, gordo, magro ali, com frio, casual, em trânsito, formal, festivo, fúnebre, a rigor, nem tanto, bem talhado, largo, justo, sem presilha, com presilha, com bainha, sem bainha, bolsos com aba, sem aba, um, dois, três botões no paletó, um lanho nas costas, dois nas laterais, com ombreira, sem ombreira, lapela alta, curta, esparramada, estreita, um, dois, três botões nas mangas. Foram ficando, inúteis. Foram ficando inúteis. Dois estados de consciência muitíssimo bem marcados: ficar, inútil; ficar inútil. Não existe a menor esperança de que venha a vesti-los outra vez. Sujos de ferrugem, como eu. Ao contrário de mim, contudo, documentam explicitamente todas as ausências. Não têm lembranças porque de nada participaram. Não têm manchas. Não estão em farrapos nem puídos. Não há perfume em seus tecidos, mensagens às pressas guardadas em algum bolso. Nada. Assim como estão, conservados em ferrugem, atestam desaparecidos projetos de modos de ser. Altivo, simpático, afável, assertivo. Todos frustros. Lá ficarão à espera de um cadastro de trastes.

 Tecidos de boa qualidade resistem mais do que a cartilagem aquosa de que são compostos os corpos humanos. Dizem que, por certo tempo, ainda crescem as unhas e os cabelos dos recém-falecidos. Como conservar um sentimento de simpatia ou solidariedade a uma aparição de sorriso maligno, semicalva, mas não careca, expondo unhas desmedidas e coberta de frangalhos? Não existe nada mais cruel do que o riso definitivo de um esqueleto, no qual só ele, o riso, nunca parece morto. Visitem os museus e tentem responder com ironia aos sorrisos de escárnio que os acompanharão. Os ternos enferrujados fora de uso prenunciam o malévolo sorriso que virás a ter. Tu és mau.

Despedi-me a tempo, enquanto andante, esbelto, aspirante a proxeneta. Por mim, deixaria a imagem de quem se ausentou prematuramente, pleno de humanidade, compreensivo das misérias do semelhante, caridoso, complacente, justo. Enfim, tudo o que meticulosamente construí com o estômago embrulhado e gosto de vingança encruada. Mas calculei mal e falhei na recomposição de afetos. Abandonei aquele por tédio, este por inveja, aquela por insuportável narcisismo. Não havia amado, realmente, ninguém, à espera de um mundo imaginário, que supus em preparação. Não existe outro mundo, quero dizer, não existe outro mundo como este mundo. Este é o único mundo em condições de ser usado. É pegar ou largar. Larguei, mas ainda iludindo certa satisfação com os saldos em liquidação que me couberam. Não havia mais tempo, muito embora os elogios que se recebe ao ser expelido das pistas de competição, não havia mais tempo para arriscar a conquista do que nunca tive. Não havia mais tempo, não havia mais tempo. Continuei árido, atitude que convém a um falecido. Faço barba, corto cabelo, vou à delicatessen, leio e me masturbo. Finjo-me de coquete para a dona da cafeteria, ela própria, saiba ou não, reclamada aos pedaços pela desagregação das células que não se reproduzem mais, ou se reproduzem enlouquecidas. Só o tempo dirá. E contemplo sua filha loura, dona da própria beleza, e que, por sua vez, se faz de coquete para mim. Faz parte dos negócios submeter a sintaxe do romance ao serviço do caixa. Ali estão vários dos ambulantes retardatários, arrastando as bengalas, que a cada manhã vão, com seus passos efêmeros, conferir no sorriso da loura herdeira se ainda estão vivos. Café sem açúcar, coronel, nada de manteiga, general, que aqui tomamos conta de sua saúde. Felizes, eles distribuem generosas gorjetas às atendentes, remuneração pela foda não consumada. Aprecio a rotina, aguardando o dia em que haverá uma ausência irreparável, e da qual não se falará jamais. Não escapo. Também se abrem sobre mim as asas de florences nordestinas, sorrisos saudáveis, servindo sem que eu peça o café-da-manhã dos fins de semana. Aprendizado de deferência serviçal. Cumpro minha parte e aumento a gorjeta, disputando a miséria da estima com coronéis e generais, carcomidos pela total ausência de memórias das guerras de que nunca participaram, aceitando o afeto postiço das proprietárias e garçonetes do teatro de operações de uma cafeteria de bairro. Saio em paz, seguro de que fui vitorioso e, de queixo erguido, reentro em minha solidão.

Assim, nas tardes, longas tardes de domingo, ouço música como se fosse feliz. Floresço na progressão da noite, quando todos são frágeis, e sou dos poucos à disposição, embora o telefone não toque. Não importa, aqui estarei amanhã outra vez, desafiador, imbatível. Pena a ausência da platéia.

A vida está acabando comigo, mas eu dou trabalho.

## II
## CONHEÇO MUITOS, AQUELES

Conheço muitos, aqueles que se envergonham da família. O retardado (é chamado assim até por próximos) inacessível às visitas, sujeito oculto de orações sibilinas; o alcoólatra, justificado em seu vício pelas mágoas de um grande amor, cuja noiva morta em acidente na manhã do casamento jamais existiu; a vítima da Segunda Guerra Mundial, de onde retornara herói e neurótico, perseguido por delirantes morteiros silenciados a invernais quantidades de aguardente; a ninfomaníaca, sob vigilância perpétua, responsável pelo agressivo silêncio das portas sempre fechadas em uma casa que parecia não ter entrada; o pobre, quase miserável, destituído aos poucos da condição de parente, mal recebido, convidado por claras indiretas a se ir, chamado pelo nome, esquecida a posição no parentesco ("Passe bem, senhor X" em vez de "tio X"). Estes, às vezes, ásperos de controle, nada domesticáveis, confundiam o roteiro trazendo sua desconfortável presença ao meio da tarde de um feriado, ou manhã de domingo, cumprimentando em primeiro lugar, oh vergonha!, os vizinhos, que então se excediam em expressões de hospitalidade e perguntas simpáticas sobre fatos e pessoas de reavivadas recordações dos laços de família. O pobre de cor, mulato, parente por descuido de donzela e de seus pais, prematuramente afastado do círculo da parentela por pretexto forjado, sem prenúncio de conciliação. Juntos compunham o destacamento mais notório das vergonhas familiares. Não havia família que não sofresse as suas. Os casos embaraçosos eram de conhecimento geral, por isso as famílias se emproavam como se aristocratas fossem, quando saíam em ordem unida, sem que as demais aumentassem o volume da maledicência. Rabos presos. Pequena amostra da hipocrisia que, junto às mentiras de que se valiam com enorme generosidade e à má vontade, se misturavam na liga que mantinha inseparáveis os clãs daquela vizinhança. Formavam nitidamente uma associação para o mal, o mal para dentro e o mal para os outros, o mal miúdo porque miúdos eram os recursos de que dispunham. O mal da difamação, da inveja, do despeito, da delação. Isso é o mal na escala que lhe é própria. Os grandes escândalos ficavam contidos entre quatro paredes, mas de que se ouviam os gritos, quando explodiam. As desavenças entre parentes, os ódios comprimidos, por se guardarem amordaçados dentro das casas e enrolados em silêncio pelos sussurros do noticiário interno, não criavam adicionais sobressaltos nas vidas amedrontadas das famílias ditas de bem, todavia sem bens e sem reconhecidos motivos de orgulho. Ávidas de anonimato, as famílias ajustavam-se como epiderme ao código coletivo, e se copiavam nas roupas, nos valores, nos nomes dos filhos e na reverência aos poderes civis da região e aos poderes transcendentais com prestígio local. Para famílias daquela insignificância, a religião representava muito mais do que um lance preventivo a valer diante da divindade. Ela representava a indispensável senha de ingresso no censo informal dos que habitavam regular e legalmente o lugar. Pertencer ao lugar equivalia a um seguro contra os dissabores de assédios por parte da marginalidade nativa. A definição da neutralidade de terreno e o acordo sobre uma espécie de salvo-conduto resultavam das negociações tácitas entre a ordem do crime e a ordem familiar. Sem estatuto legal, porém com mais eficácia do que a legislação oficial, carente de força para implantação. Por aí andava eu.

As famílias de classe média baixa e de classe baixa se associam e passam a freqüentar as atividades religiosas da igreja predominante na localidade. Antes de comprovar o ajuste de contas com a igreja e seus ameaçadores comandos, algo a ser providenciado depois da morte, a religião servia de passaporte ao reconhecimento presente dos direitos de cidade na vizinhança, episódio crítico a partir do qual os monstrengos físicos e morais de cada família eram esquecidos pelas outras. Digamos que, protegidos por esse conjunto de tratados, desfilaram sob indiferença mundial o meu batismo laico, minha primeira comunhão, meu afastamento dos ritos, reiterando o que era a negligenciada religião doméstica de todos os meus parentes, à exceção de minha avó, sinceramente religiosa. A única também a perguntar por minha saúde e a reclamar de minha magreza. Incluí-me aí, por descuido de redação, entre os monstrengos morais da minha família, mas não deixaria de ter um laivo de veracidade se fosse consultada a opinião de algumas senhoras e de alguns senhores das redondezas.

Por essa promiscuidade entre o sagrado e o profano invejo os que têm motivos para devoção e crença em alguma religião. Assim como invejo os que não têm motivos para sentimentos hostis às igrejas. Meus fusíveis foram trocados descuidadamente por alguém, talvez meu tio carnal, monocordiamente preocupado em saber se eu jogava a dinheiro (o que ele fazia) e em me converter ao ateísmo: "Deus não existe", dizia-me sempre, em cada um de nossos raros encontros. Era o seu beijo de despedida. Em si mesmo, antes que me surgissem situações em que a inexistência ou existência de Deus faria alguma diferença, a declaração abstrata não dizia grande coisa. A maior razão para a inutilidade da catequese terá sido a curiosidade de que ninguém, em minha infância e adolescência, se preocupou em me informar oficialmente que Deus existia. Ninguém, quero dizer, dos familiares, que me enviaram ao preparatório da primeira comunhão sem me esclarecerem sobre o propósito da iniciativa. Eu sabia do que se tratava, tendo aprendido na rua, e se me lembro bem nem mesmo na igreja me abordaram sobre a existência de Deus. Burocraticamente me mandaram à igreja, burocraticamente a igreja me enfiou uma hóstia pela goela e me absolveu.

As diversas versões do sentimento religioso eram praticadas lá em casa sem nenhuma referência de natureza intelectual à adesão do momento. Falava-se em resultados, milagres, curas, loterias, boatos, mas nenhum argumento, tosco que fosse, era apresentado em favor de um caminho religioso em comparação com outros. A seu tempo, passaram por minha casa, na esperança de que solucionassem algum problema, representantes de uma meia dúzia de vertentes religiosas. Nunca, insisto porque considerei esse fato extraordinário, nunca parente algum me convidou para uma conversa sobre Deus. Nem fui doutrinado sobre os Dez Mandamentos, que até hoje não decorei. Discutia-se bastante sobre métodos de cura, simpatias, promessas; jamais se trocaram frases sobre as doutrinas que recomendavam aqueles métodos. Da mesma maneira como jamais escutei a palavra "amor" pronunciada em minha casa. A indigência vocabular por deficiência educacional era acentuada pela censura emocional que fazia dos termos carinhosos declarações impudicas. Para compensar a pobreza expressionista, meu tio-avô intercalava uma média de três ou quatro palavrões entre a metade de uma frase e a metade seguinte. Ninguém se chocava. Mas houve um escarcéu no dia em que, meloso, pedi à minha prima que me passasse o pão, por favor, "meu bem". Que história era aquela de "meu bem", caralho!, esbravejou meu tio-avô. Fui requisitado uma única vez para uma explicação. Foi sobre o fumo. Todos fumantes, o nó da questão não seria outro senão a idade com que eu estaria autorizado a juntar-me a eles no tabagismo. Não conhecendo qualquer justificativa para que a idade permissiva fosse a de 15 anos, puramente arbitrária, continuei a fumar, agora sem disfarce, com meus 13 anos. Não houve quem me reprimisse a desobediência. As atitudes morais dos meus parentes estavam mais para a preguiça pusilânime do que para a tolerância ilustrada ou o rigor fundamentado. Nem uma vez, que eu ouvisse, se perguntaram pela origem das crenças que professavam, ou pelos argumentos de quem lhes dera as noções do certo e do errado. Uma questão simples a respeito da razão da virgindade era tão profundamente complexa quanto a de Heidegger, inquieto para desvendar porque existe o ser antes que o nada. Tudo o que eu sabia sobre qualquer coisa, até ingressar na universidade, aprendi na rua. Em benefício da normalidade social de minha amada família de origem, diga-se que a vizinhança inteira, situada nos quarteirões próximos, não se encontrava em melhor posição na enciclopédia da ignorância.

Na igreja, onde estive em oportunidades bem marcadas, considerava-se a existência de Deus tão óbvia quanto a das estampas Eucalol (brindes de atração mercadológica de uma linha de produtos de higiene), mas discutiam gravemente as conseqüências de aborrecê-lo ou infringir suas leis. Não acreditava em nenhuma das histórias que se contavam. Pelo começo da vida e por hábito posterior, não tenho motivos para devoções; ao contrário, em nome da razão, disponho de um armazém cheio deles para opor-me às crenças. Para os puros de coração, venho confessar que seria incorreto classificar como rica a pobre vida que levo, pois só uma existência raquítica explica a troca de sinais de que sou belicoso portador. Porém, como notório, os puros de coração não entendem nada da vida, e eis aqui mais uma prova: a minha tem sido avassaladoramente rica, por fora e por dentro, fique desde logo claro, embora, oficialmente, eu seja um esmoler de amparo divino.

Mas esta não é uma história do século XVIII, obcecada pela redentora missão de incendiar igrejas e enforcar pastores, padres e ministros (monjas, abadessas e freiras). É uma crônica de família, a que diferentes confissões religiosas propuseram dramas de consciência de raro sofrimento. Por conseguinte, os vitupérios aqui lançados contra vocações espirituais devem ser interpretados como juízos universais, sem discriminações contra classes de pessoas. Os destinatários dos destampatórios – no caso, padres, curandeiros e assemelhados – são substituíveis uns pelos outros, pois não tenho preferência de antipatia. Divago sem consciência de por que divago, quando a questão é simples de enunciar. Sendo o mais franco possível, nas circunstâncias:

intriga-me o problema da conservação da fé. O enigma da fé não se encontra na fé, mas em sua preservação. Mais explícito do que isso não sei. Ou mencionarei apenas que um ato de fé, de honesta expectativa de que os mistérios do mundo se expliquem por uma entidade que escapa a nosso entendimento, é perfeitamente aceitável. A ignorância humana atesta que não existe somente aquilo que compreendemos. Menos aceitável é a fidelidade à crença quando se acumulam evidências de que as promessas das crenças são em vão. Os primitivos solucionam esse desagradável estado de coisas de uma forma simplória e dogmática, mas porque lhes falta lógica, não a esperteza das permutações e combinações. As variantes religiosas que me foram apresentadas respondem à esterilidade de sua magia com a monótona repetição das mesmas preces e dos mesmos cânticos. Para os conversos, o som e o ritmo do cantarolar bastam à mensagem, esgotam seu significado relevante – e sem favor, cá entre nós, são bem superiores à interpretação erudita das orações esotéricas. Experimentem proceder a uma análise lógica do Padre-Nosso ou do Salve-Rainha e descobrirão a fragilidade das associações, o mesquinho das recomendações e a prepotência das penitências.

Não houvesse tarefas urgentes a executar e seria divertido demonstrar a justiça do julgamento e acrescentar algumas amostras de crítica estilística a uma prosa insípida. No entanto, basta sério convite e ficarei exultante com a possibilidade de atendê-lo. Desafiado, armo uma variante das arenas universitárias e só abandono o palco morto ou consagrado. Sou um suicida, como terei oportunidade de demonstrar. O debate religioso oferece excelente ocasião para fingir-se de vivo. Os tratados sobre magia são eruditos, mas cativos da armadilha metodológica das razões antecedentes. Os mitos se explicariam por suas causas, possivelmente por sua função, raramente por suas conseqüências. Mas são as conseqüências que conservam o segredo de tudo. É de tal amplitude, contudo, a sedução dos ilusionistas que as conseqüências são apresentadas como se fossem razões antecedentes, convencendo indivíduos e famílias. Da mesma forma proliferam os santos milagreiros, as videntes invictas e os tirânicos pastores que operam em domicílio com promessas de benfeitorias sob medida. O desempenho dos últimos e a privilegiada posição de que desfrutam no cotidiano familiar desnudam as únicas razões antecedentes relevantes que explicam o sucesso — os meios de comunicação e contágio. Vou narrar uma história de quando era desconfiado, embora sem ser cético (vocábulo sofisticado que, então, desconhecia).

Cabelo à escovinha, barba por fazer, poucos dentes, aquele acreditado escolhido dos deuses avultava, diante de meus sete anos, em altura e magreza. Comparecia à minha casa três vezes por semana, às oito horas da noite, sempre de macacão azul repleto de bolsos. Nunca mais encontrei um macacão, azul ou de qualquer outra cor, fornido de tantos bolsos. Chegava silencioso e solene. Sabe Deus sabe de onde o desenterraram (e a mim parecia mesmo um pré-cadáver), provavelmente indicado por uma testemunha de incontáveis maravilhas — catalogadas por espécie: doença, casamento desfeito, fortuna próxima, simples curiosidade sobre o futuro — ou por ocasional cliente do armazém de secos e molhados, generoso fornecedor de cadernetas de crédito sem fiador, e com a última informação já fica a história socialmente situada. Tenha sido este vizinho ou aquele colega de balcão no armazém, alguém exaltara o poder transcendental do personagem de cabelo à escovinha e barba por fazer, transitório adventício no ambiente da família, pois não comparecia antes nem foi visto depois de meia dúzia de sessões. Em domicílio. Tratava-se de um "médium", intermediário, como o nome indica, entre a esfera privada das aflições domésticas e a arena pública das potestades monumentais. Não obstante a modéstia da *persona*, era recebida conforme a etiqueta devida aos símbolos da transcendência, por entre salamaleques e cadeiras afastadas, a submissão e o indisfarçável desamparo à mostra nos olhares daquele bando de mulheres cobertas de um luto preventivo. Uma, duas, três, eram quatro mulheres de idades flexíveis, além de um homem pouco notado e eu, creio que na categoria de adjunto para desdobramentos imprevistos.

Soberana na ordem do dia era a morte, evidentemente, porém morte pressentida naquela temporada, pois a de meu pai já se dera não fazia muito. O luto das mulheres tanto se explicava pelo óbito recente quanto pela desgraça suspeitada. Embora eu soubesse quem estava na berlinda, na expectativa de uma sentença mortal, não percebia qual era a relação entre aquele espetáculo e o ausente ameaçado, do qual não chegavam notícias. Era, provavelmente, por isso mesmo. Incerteza sobre o noticiário em estoque. Tentei compreender por que não se tomaram as mesmas providências durante a agonia de meu pai. Tempo houve, assim como indícios de catástrofe iminente, até exagerados. Meu pai perdeu os sentidos em série: visão, fala, audição, movimentos, disseram-me os parentes, mas, que eu saiba, nenhum interlocutor do outro mundo foi requisitado para esclarecer o escárnio daquela degradação. Não fiz perguntas e, para minha própria satisfação, concluí que a morte, ou a ameaça de morte, não iguala as pessoas. Existe uma hierarquia de defuntos. Minha teoria sobre a estratificação emocional dos cadáveres (sem esta esplêndida designação acadêmica, fica subentendido) foi inteiramente comprovada por ocasião de ulteriores episódios fúnebres. Não vou identificar os demais falecidos, posto que pela natureza da matéria fica-lhes melhor o anonimato. Mas empenho minha credibilidade de cronista na declaração de que, em minha família, a morte é capaz de produzir verdadeiras sublevações no prestígio dos parentes. O tio Cândido, por exemplo, conhecido por tio Candinho, coitado, foi um dos que desapareceram sem deixar vestígio. Apesar de haver prometido recato nesta altura da narrativa, abri exceção para o infeliz tio Candinho, cujo desprestígio póstumo só fez aumentar. As novas gerações da família nem sabem que ele existiu. Não me animo a imaginar o que se passará comigo. Vem daí minha modéstia, creio.

A perplexidade com o tema foi inaugurada justamente pela presença daquela figura, cujo papel eu não compreendia. Nem cheguei a entender. De tudo que o vicário sacerdote exibiu pirotecnicamente só fixei a mágica de conseguir chupar um ovo de galinha, cru, inteiro, através de um orifício na casca, após o que retirava da boca desdentada minúscula imagem de um santo, ou santa, doada a uma das mulheres ou ao homem inconspícuo. Gigantescos goles de cachaça faziam a conexão entre um ovo sugado e o próximo, acompanhados de frases para mim desconexas – hoje eu apostaria em uma mistura de esperanto e provençal – mas de enorme poder desbravador junto às mulheres, que humildemente concordavam, trocando olhares unânimes entre si.

Chegada a minha vez, repudiei com veemência a prenda embrulhada em gosma, gema de ovo, cuspe e cheiro de cachaça. Foi o bastante para ser mandado ao quarto, menos como punição do que reconhecimento de que minha espiritualidade não estava desenvolvida o bastante para participar do rito. Era bem capaz de contaminar a competência das potestades ali convocadas. Expulso da celebração, dava tratos à bola para desvendar o mistério dos ovos que pariam imagens. Não acreditei nem por um instante na autenticidade daquele vômito abençoado. Por que cargas-d'água uma entidade qualquer iria escolher forma tão complicada de enviar uma lembrança religiosa, ainda por cima de serventia duvidosa, pois nada se disse sobre o que fazer com as minúsculas imagens? Muito além da dúvida teológica, me irritou não ter tido tempo para decifrar o truque. Meia dúzia de ovos mais e eu bem que seria capaz de elucidar a trapaça. A dúvida que a feroz curiosidade me provocara alcançou os adultos por outros meandros. Seis ovos, agora cinco, excluído o meu, três vezes por semana, generosamente acompanhados de aguardente (uma garrafa por sessão) não saíam barato para aquele consórcio de pobrezas, enquanto o macacão azul encorpava no peito, estômago e bochechas, certamente com a ajuda de complementos alimentares de sessões domésticas alhures. O saldo do investimento anunciou-se deficitário, ou talvez tenha surgido notícia da capacidade curativa de outro enviado, arregimentando os aflitos; certo é que, por isto ou por aquilo, em pouco tempo aquela concentração de fêmeas de luto a apreciar o malabarismo de um repasto de ovos regados à cachaça se dissolveu. Temam o equívoco de apressadas interpretações, pois o debandar não veio a propósito de abalo nas crenças nem da perda de confiança no oficiante. Era lembrado com carinho e reverência. Minha herética animosidade atingiu o enjôo com o acúmulo de inútil raiva, destinada a quem lesara e saíra ileso, e aos lesados bovinos por comprometerem minha reputação de apóstata (sem o uso da palavra, é claro) junto à roda de juvenis iconoclastas com os quais dividia meu agressivo ateísmo. Como era mesmo o nome do charlatão?

Não lembro o nome (lembro, chamava-se senhor Ventura), mas retifico a apreciação da atividade. Eram duros aqueles tempos de fome e exigentes os obstáculos que os falsos milagreiros deviam superar para ingresso na "profissão" e obter fugidio sucesso, rapidamente declinante. Fora os espertos por natureza, nascidos com o dom de enganar o próximo (eles estão por aí, na agricultura, comércio, indústria e sistema bancário), a necessidade de superar a vergonha, o pudor, o respeito próprio, em primeiro lugar, e adquirir outra identidade, matreira, cujo valor e recompensa decorriam da excelência na falta de escrúpulos, nada disso vem a preço módico. Aprender as artimanhas do engodo, treinar ilusões, dominar a impostura como virtude eram outros tantos degraus na descida aos infernos da sobrevivência, raptada à miséria de ingênuos, pouco menos extrema do que a própria. Optavam os ilusionistas pelo risco do flagrante delito, a certeza do insucesso na graça prometida, a especialização no fracasso planejado. Nenhum deles deseja ter o nome lembrado. Extremo aniquilamento.

Houve, na mesma época, uma comoção nacional traduzida em multidões de romeiros em direção a insignificante cidade do interior de Minas Gerais, local de residência de um prelado cujas acreditadas maravilhas, no trato com o extraterreno, eram atestadas como fidedignas pelo silêncio da Igreja. Foi uma angústia. As viagens, para os de nossa laia, se faziam por caminhões em trajetória oposta à dos retirantes costumeiros. Dezenas de desesperados amontoavam-se nas carrocerias dos caminhões, protegidas por lonas, mas ao vento na parte de trás. Nenhuma das nossas mulheres aceitava permanecer na retaguarda, e a passagem não era barata. Tudo, na verdade, era caro para a família. Além do preço da passagem, cada adicional viajante aumentava os custos da manutenção, comida, estando o pernoite assegurado pelos vacilantes cochilos, em turnos, nas carrocerias. Enfrentariam uma semana de sacolejo e desconforto para ir e outra para voltar. O farnel coletivo de apoio às quatro mulheres consumiu recursos equivalentes ao doméstico frango dominical, ausente da mesa por meses vindouros. Pois que todas, afinal, foram, ficando os dois machos aos cuidados de antiga agregada da família, convocada para a missão de apoio técnico. A partida foi eufórica, acompanhada da modesta dosagem de esperança que é quase um órgão suplementar e exclusivo dos desamparados. Basta olhar em volta e se verá que só os destituídos têm esperança. Os bem-aventurados consomem champanhe e ansiedade.

 O retorno das mulheres foi lastimável. Fatigadas, semi-encardidas, emagrecidas e desenganadas. O argumento da modéstia concluía pela impossibilidade da graça pretendida. Em meio a milhares de momentâneos retirantes, grande parte dos quais depositando ricas oferendas no altar milagreiro, quem, na hierarquia dos anjos, as ouviria? Anônimas, discretas, sem nada a oferecer e tudo a pedir, de que atenção especial elas seriam merecedoras? Projetavam para a esfera celestial a escala de preferências a que estavam habituadas, sem rebeldia ou rancor, no mundo perecível. Voltaram sem nada receber, escapulários comprados com a verba de adiados sanduíches, desorientadas quanto ao próximo passo. Nunca souberam do exílio-recompensa junto ao Vaticano, pretensa punição imposta ao padre milagreiro, depois que o número de promessas vãs contaminou com desânimo o fervor dos que por lá permaneciam e reduziu até extinguir a expedição nacional a Minas Gerais. Apenas mais um capítulo no interminável folhetim das almas de boa índole.

O drama dos pedintes se esclareceu, para mim, passados os anos, pois até o fim da vida de cada uma daquelas mulheres, para as quais o inconspícuo macho, não esquecer, era somente outro item do fardo cotidiano, não cessaram as buscas por saúde, ou paz, a cura do alcoolismo de um, da tuberculose de outro, em centros coletivos, audiência maltrapilha, mensalidade irrisória e serviços à mesma altura. Que extraordinária fé era essa, imbatível, que as levava a todas as igrejas, cultos, peregrinações, dívidas de promessas (uma delas paga através da minha vergonha), dissidências religiosas, a tudo acolhendo com igual sinceridade, em tudo crendo com igual intensidade, enquanto os menestréis das diferentes denominações, contrariando as mensagens dos cultos, se odiavam como demônios?

Pagar dívidas de graças desejadas, ainda que não atendidas, era imperativo. Desconhecia-se a contabilidade dos usurários divinos, mas acreditava-se que fosse terrível, e sem assegurar sequer modesta medida de reciprocidade. Pedir uma graça em troca de uma devoção e oferenda era o mesmo que recebê-la para efeito de dívida reconhecida em cartórios ectoplásmicos. Obtida a graça ou não, e não me lembro de nenhuma confirmada, restava o débito a ser honrado na primeira oportunidade. Os santos e entidades não estavam obrigados a atender ao pedido, menos ainda a dar satisfações pelo redondo fracasso do desempenho. Há alguma coisa de terreno nas histórias hagiográficas e, em geral, na crônica da rotina celeste. Se não é isso, então vale a suposição de que a vida no planeta copia despudoradamente a vida celeste. Inconcebível é que se ignore o parentesco entre os maus hábitos de um e de outro reino.

Obter ou não a graça, dizia, era irrelevante para a recapitulação dos débitos. Nada de positivo se inaugurara em nossas vidas, mas a família empenhara-se mais uma vez. E lá fui eu, já taludo, a desfilar nas ruas do bairro como São Sebastião flechado, prometido que fora pela mais velha das mulheres em pagamento de não sei qual desejo frustrado. Sabia somente que fora frustrado. Fantasiado, como eu próprio me descrevia, de faixa e calções vermelhos, peito nu, descalço, suado e, ao mesmo tempo, com calafrios, compunha a expressão do rosto como podia, ora ausente, ora a olhar para o chão como se compungido, ora com sorriso travesso a indicar que estava ali obrigado, ora a olhar outra vez para o chão para que não se notasse o ódio intermitente, ofensivo em presença de tanto esplendor de comunhão pacífica. O andor transportava uma estátua do santo rudemente esculpida, exibindo uma expressão entre o sofrimento e o orgasmo. Só a vi de soslaio, ardendo de pudor e de desolação. Não havia em meu coração nenhum indício de religiosidade mas, estranhamente, tomou-me enorme mal-estar ao vê-lo. Era como se ele me visse também e manifestasse insatisfação com minha encenação. Pedia inaudíveis desculpas por estar ali a interpretá-lo de forma deliberadamente imprópria, muito embora convicto de que aquela estátua mambembe, mal equilibrada nos ombros dos congregados carolas, não correspondia a nada importante na minha ou na vida de qualquer pessoa. Eu, eu mesmo, não precisava nem precisaria, imaginava, de promessas e de ajudas sobre-humanas. Daí a incômoda sensação de estar promovendo uma fraude, o que me aturdia, sem que eu identificasse de onde vinha nem como combatê-la. Uma vergonha que se somava às demais, embora eu incluísse o santo no desconforto da vergonha. Como se uma remota dúvida deixasse em suspenso a possibilidade de que houvesse tal ser, o qual, então, certamente estaria constrangido pela péssima qualidade do espetáculo, encenado a pretexto de homenageá-lo. Enfim, um desastre emocional, existisse ou não o santo. Manda a objetividade narrativa informar que nenhuma daquelas mulheres me acompanhou no calvário da procissão. Foi a fiel agregada de todos os apertos que, solidária, levou-me ao desfile, dele participando do princípio ao fim. Tomei horror a passeatas, comícios e manifestações coletivas, à exceção das esportivas. Não há preferência política, por intensa, que me faça quebrar a promessa, ainda em vigor, de jamais participar de artifícios iguais. Uma ou duas tentativas de voltar congregadamente a paradas a céu aberto fizeram-me recuperar a sensação de estar exibido, despido, não obstante a faixa e os calções vermelhos que a imaginação fez, imediatamente, aparecerem sobre meu corpo. Os companheiros de marcha adulta se metamorfosearam retrospectivamente na platéia que apreciara meu adolescente desfile à fantasia, e parecia reprovar o meu desempenho. Tive vergonha de ser visto ao lado desses ocasionais companheiros, ao contrário da exaltação de apoio mútuo e identidade comum que as manifestações em uníssono fazem germinar. O mesmo mal-estar compareceu a outra tentativa de solidariedade peripatética, resguardadas as boas intenções dos participantes. Feito esse desconto, tenho conseguido evitar a calamidade de me perceber transportando um embuste em oferta pública.

A devoção da família tinha limites financeiros e de disposição para alvoroços exibicionistas. O empenho na busca de refrigério era controlado por complexos cálculos econômicos e de estima social. Estava interditada a opção de entregar à sorte ou à responsabilidade da caridade social o desencantar dos moribundos, o sustento da prole ou o destino casamenteiro das virgens em conserva. Sanar as aflições domésticas não deveria nunca deixar de ser uma doméstica tarefa. A aparição de adivinhos e profetas introduzia um inesperado suplemento de tensão no roteiro diário que lhes cabia levar a bom termo. Não acompanhar a fidelidade manifesta dos vizinhos, conhecidos e parentes implicaria, agora sim, na definitiva confissão de naufrágio pessoal e social. Extremar o sacrifício da vida para preservar pelo menos a face terrena era a invariável ordem de campanha a cada aurora. A salvação ansiada encontrava-se, na verdade, na busca sem descanso da própria salvação. Bem poucos, inclusive vizinhos e parentes, acreditavam com firmeza na existência da redenção perseguida e não se deixavam realmente enganar pelos arlequins dos passes de mágica, fumadores de charuto, bebedores de cachaça e chupadores de ovos. Não obstante, vagavam aquelas mulheres de congregação em congregação, de igreja em igreja, de terreiro em terreiro, acumulando crenças sem dispensar nenhuma, conforme o desfile fenomenológico das veredas de salvação. Ouvir falar de um novo pregador milagreiro não fazia renascer a esperança, mas a angústia da obrigação de acrescentar crenças, decorar o novo catecismo, empobrecendo ainda mais a economia interna, e partir para o enfrentamento das provações exigidas pela conquista de uma graça sabidamente inexistente ou, se verídica, inalcançável mediante a mísera dádiva de que dispunham. A salvação, se existe, é muito dispendiosa.

O embuste do chupador de ovos era o máximo de testemunho de fé com que a família podia arcar. O desfile sebastianista era o recorde de comicidade a que se permitia expor. As decisões eram dramáticas: até quando alimentar um artista da fome sem parecer sovina, à conta de uma dispensa precipitada, ou tola, pela perseverança insensata? Se a romaria a Minas fora inescapável, a dramaturgia liderada por um São Sebastião de gesso e *papier mâché* ultrapassava a dose conveniente de expiação dos pecados, conquanto fosse muito mais barata do que a expedição mineira. Enviara-se, então, o emissário sacrificial (eu), mimo comprobatório de que a palavra de honra daquela família era tão sacrossanta quanto a imagem que se oferecia, para adoração, às calçadas e pedras da rua. A família podia sair de cabeça erguida e cumprimentar todos os vizinhos. Mais uma vez fora paga a taxa de pertencimento ao bairro e à sua pequena nação. As religiões são postos de emissão de cédulas de identidade, mediante a comprovação de gastos: batizados, comunhões, casamentos, missas, encomendas, procissões, enterros – do berço à sepultura o estatuto de pertencimento precisava ser renovado, evitando o estigma, renovações que se faziam coletivamente. Para uma família de baixa classe média, a descoberta de mais um santo milagreiro constituía uma dramática ameaça de expulsão dos direitos de cidade. Sempre tive a impressão de que há santos e santas demais, como se fora um excesso de obras públicas em vizinhança de população rarefeita. Seria o caso de se perguntar se a população deseja mais santos. O drama se aguçava quando o espírito de porco ponderava que, quem sabe?, o santo encarregado de sarar todas as feridas físicas e morais da família era exatamente um dos que estavam por vir. E a imagem pública de todos como ficaria se passássemos a não participar do calendário do outro mundo?

A conseqüência mais desastrosa das guerras mítico-religiosas, mobilizando vanguardas de pregadores e retaguarda de mulheres enlutadas, consiste na transmutação da boa-fé espiritual dos desesperados em grosseira computação de custos e benefícios, desde logo econômicos mas, fundamentalmente, de reconhecimento social. Cálculo repetitivo e sempre precário, já que o volúvel valor das parcelas depende da disposição perdulária dos abonados pelo destino e pelos mercados. São estes que estabelecem o preço mínimo da dignidade dos fiéis, controlando o oligopolizado mercado da oferta de doações. Talvez sem o saber, os grandes mecenas religiosos promovem leilões votivos, invisíveis, obscurecidos pela comparação material das dádivas. São os sacerdotes de todas as transcendências os beneficiários de tudo. E a oferta de remissão pela renúncia também está presa a um oligopólio institucional. Só é possível ingressar no mercado da oferta de salvação pela violência retórica, pelos destampatórios vociferados nas reuniões para fins pacíficos, pela identificação dos concorrentes candidatos a trombetas do fim do mundo. Reparem que o núcleo de todas as pregações se esmera no vilipêndio das pregações competidoras, de seus símbolos sagrados e rituais de ascese e purificação. Releiam as histórias das grandes guerras e descobrirão as mesmas artimanhas de humilhação do estrangeiro, vizinho querido até anteontem. (E assim se ia formando minha espiritualidade, à falta de melhor nome, entre abandono, testemunha de diatribes em linguagem bíblica, vivendo oprimido por excesso de liberdade sem destino assinalado, personagem de um romance de formação de caráter sem autor responsável.) Assusta a extensão em que organização, propaganda e estratégia de países beligerantes são análogas às das igrejas em conflito mortal. A pregação da guerra terrena se torna indiscernível da pregação da paz celestial. Não são os aflitos que carecem dessas religiões (apenas outra promessa vã em suas vidas); são tais religiões que não sobrevivem sem os aflitos. É a exaustão dos simples que tonifica a saúde dos templos. Nada disso é desconhecido, original, são trivialidades de convescotes universitários bisados a cada geração, antes da inevitável época em que se sucedem as doenças que assustam o corpo e depositam a covardia na alma. É a segunda grande mutação da existência. A primeira se deu quando a criança-adolescente se converteu em potencial reprodutor. A de agora acontece quando a vanguarda das gerações vai ficando pelo caminho, dizimada sem piedade, atropelada pelos próprios filhos e filhas, e se tornando crente. Os novos crentes fogem da memória das blasfêmias, exageram nas penitências, evitam os antigos comparsas de incredulidade. São tementes a Deus. Ao contrário, aqueles que sempre acreditaram, porque precisavam acreditar, não temem mais nada, já experimentaram tudo e, habituados à desilusão, namoram a melancolia. É triste, imensamente triste, a espera sem esperança. Os novos crentes jogam a última cartada do engodo; quem sabe a misericórdia não os contemple como demonstração de quão ilimitado pode ser seu alcance? Os miseráveis, por diferença, no fundo do coração, não mais aguardam um messias salvador. Estão convencidos de que, se acaso viesse, certamente não lhes notaria a presença. Outros convites seriam mais sedutores, desde logo mais brilhantes, brilhantes e diamantes e esmeraldas. As alianças patrocinadas pela cobiça destroem a lógica do púlpito. O paraíso é para ser pago à vista. Muda advertência estabelece um cordão de castigos prometidos aos insolentes pedintes, separando os notáveis dos simplesmente bons. E os que são simplesmente bons são, também, bons observadores. Melhor, portanto, não passe nunca, a salvação, de uma quimera, acessível a todos os necessitados, sem hierarquias. Face ao discriminatório paraíso do imaginário, só o inferno atrai por democrático.

Quando encerrei meu discurso universitário, demonstração do bom aproveitamento do sacrifício familiar, a educada atenção permitida a quem não sabe sobre o que está falando se dispersou e a família foi tratar de outro assunto. Continuaria para sempre cativa da opinião daquela dúzia de casas, todas em permanente prontidão, umas contra as outras, a muito citada opinião pública em seu nascedouro pouco caridoso. Para atendê-la, viveria a família exposta a uma efervescência religiosa postiça, sacrifício atrás de sacrifício, mas com a identidade pública garantida. São muitos esses religiosos, os religiosos cívicos. Só chegam a conhecer o purgatório. Não têm salvação.

Nem, possivelmente, ninguém, se levados a sério todos os mandamentos, comandos e recomendações, em princípio invioláveis. E aqui chegou o momento oportuno para informá-los de que, antes de optar por uma vida de prazer intenso, experimentei a retidão dos justos, fazendo das tripas coração, sem escolher uma denominação a que me filiasse, somente para decidir se eu pertencia ou não àquela família e como fora parar naquele meio. Era uma forma concreta de pôr em teste a sapiência de Deus ilustrar-me sobre o sentido desse acidente. Casei com mulher discreta, responsável, solidária. Tivemos filhos, cuidados como tesouros, enquanto a vida seguia um curso tranquilo. Obviamente, tediosa. Minha alma justa se desfazia em mesquinharia e eu era incapaz de um gesto de grandeza. Reivindicava a cada noite a presença divina como fiscal dos acontecimentos. Faltava oxigênio poluído, incerteza, vibração, vida. Não havia nada de que pudesse dizer que violasse os contratos explícitos e implícitos da convivência familiar. Posso fotografar a agenda de uma semana e colar aqui, e teriam o retrato, sem tirar nem pôr, dos oito anos de vida reta. Alguma coisa não estava certa. Não havia história, não havia germinação, exceto de filhos, não havia nada além da retidão. Foi então que minha mulher me comunicou, com a serenidade de quem sabe o que faz, como sempre soube, que contraíra herpes genital. Enfim, a libertação.

# III
# ÉRAMOS TODOS DESGRAÇADOS

Éramos todos desgraçados, e não havia dúvida sobre o que nos esperava. O famoso "Mineirinho" era ainda o adolescente Cilico, mal-humorado, focinho de porco, socado, moléculas do corpo mantidas solidárias por uma quantidade de fúria sensível a distância. Com aquela amálgama, a possibilidade de uma implosão existencial era bastante remota. Cilico jamais explodiria para dentro, em úlceras e cânceres. O mundo só se deu conta da extensão de seu ódio quando se expandiu em mortes espantosas. Até então era tímido. Assassinou com raiva, com calma, com crueldade e com compaixão. Foi um assassino completo. Antes disso, experimentou a decepção de ser desprezado na escolha dos times de futebol de rua. Não possuía talento sequer para goleiro. Virou juiz. Por algum tempo em sua vida, Cilico representou o poder judiciário. Namorada, fora de questão, as meninas nunca o notaram, nem mesmo pela feiúra. Em matéria de rejeição não há nada mais ferino. Era semi-analfabeto e se comunicava por frases torturadas em que todas as palavras estavam em posição desalinhada: o sujeito, o verbo e o objeto direto. Creio que jamais usou um advérbio; desconhecia as conjunções. Bastava-se em três pronomes: eu, tu, nós. O pronome "eles" não existia, nem eles, inimigos sem razão passada em julgado, aos quais se referia com um acenar de cabeça, o máximo de expressão corporal de que era capaz, salvo a destreza nos confrontos físicos. Abaixo da cabeça se estendia o peito, diretamente, quase sem pescoço, e, aos lados, dois ombros consistentes. Era como se vivesse enfurnado em si próprio, silhueta condizente com seu perfil psicológico. Mais baixo do que alto, crescia em densidade muscular, naturalmente, sem ginástica ou exercícios, somente trabalho.

Conforme a indiferença de todos sobre tal assunto, nunca nos perguntamos onde trabalhávamos, isto é, aqueles que o faziam. Não era assunto nobre, nem de longe tão interessante quanto a especulação sobre o que faria toda noite, trancada em casa, a moradora da casa seis, professora segundo se dizia. Em noites de chuva, guarnecidos por uma espécie de guarita do edifício em frente, alternávamos as histórias de assombração com a elaboração de hipóteses sobre a vida misteriosa da professora da casa seis. Eu mesmo, várias vezes, ninguém por perto, arrisquei um olho pela fechadura da porta. Nunca vi nada, infelizmente. Nem ouvi. Era a única casa da rua da qual jamais se escutou um som. Usava óculos e meias finas. Que eu saiba, jamais olhou nos olhos de qualquer um de nós quando chegava, invariavelmente, pouco depois das cinco da tarde. Saía cedo sem ser percebida por vizinhos, forasteiros ou policiais à paisana. Foi a primeira mulher independente exposta a discriminações que conheci. Ela era, como diziam, "falada" por todas as famílias e transeuntes, não porque fizesse algo reprovável de que se tivesse notícia, mas porque, aparentemente, nada fazia além de trabalhar. Fenômeno incompreensível. Ninguém era tolo para acreditar nessa aparência. Não saía nunca nos fins de semana e nem à porta de casa chegava. Inaceitável em uma comunidade que vivia, praticamente, de portas abertas. A imaginação malévola de todos os vizinhos competia com histórias de antanho, claramente fabricadas, sobre as depravações que se podiam esconder por trás de portas herméticas. Eu reagia internamente aos comentários críticos, sem desafiar a opinião pública, evidentemente; mas, à época, ela também me parecia um ser tão enigmático que incomodava. Ainda hoje, as mulheres independentes incomodam e se encontram sujeitas a espionagem através de um metafórico buraco de fechadura.

Um de nós, Renato A., insistia na teoria de que ela não regulava bem, mas isso era porque a mãe dele, vira-e-mexe, padecia de uns chiliques. Só eu sabia disso. Tínhamos uma relação especial, Renato A. e eu. Trocamos compromissos escritos de amizade eterna, cortamos a ponta do indicador com gilete e cruzamos sangue. Roubei uma garrafa de VIG em minha casa e tomamos um porre equivalente a três talagadas daquela beberagem. Ninguém da família entendeu mas, como de costume, pediram apenas que não se repetisse a traquinagem. Não lembro o que aconteceu a Renato. Sei é que, sacramentada ritualisticamente a amizade, nunca mais fomos amigos como éramos antes. Continuamos os melhores amigos um do outro, mas não era a mesma coisa. Um sentimento oficializado se transforma imediatamente em sentimento deficitário. O sacramento está sempre adiante do que é humanamente possível conceder. Mas era por amizade real que freqüentava sua casa, em que um pai meio ausente e a mãe, pianista neurastênica, formavam a família de Renato e suas três irmãs. A mais velha, L., regulava com a minha idade, então pelos doze anos, mas nunca me viu, quero dizer, nunca me notou, apesar de minha presença freqüente na casa e dos estardalhaços e gargalhadas que eu produzia a propósito de coisa alguma, tentando atrair sua atenção. Ela jamais deu indicações positivas de que escutara o som da minha voz. Também não se dirigia ao Renato na minha presença, só às irmãs. Era linda e apaixonou-se por um cadete das Agulhas Negras. Devia ser uma idiota, mas me mortificou.

Em um de nossos bailes caseiros – eu, Renato, sua irmã mais nova e I., a do meio – aprendíamos a dançar. A mãe, neurastênica, sempre recolhida, não reclamava dos blues, boleros e sambas-canções que a vitrola reproduzia com bravura. Em um de nossos bailes caseiros, é isto que interessa, eis que I. chegou-se ao meu corpo de maneira abusada, com a temperatura alterada, visível no rosto, e os seios em botão decididamente esmagados contra o meu peito. Excitado de pronto, correspondi ao agarramento e desde então aqueles treinos dançarinos construíram a primeira imagem do gozo masculino causado por uma mulher. I. era atrevida, corajosa e libidinosa. Nunca nos encontramos fora dos salões nem ela estava interessada em beijos. Queria sentir meu corpo, esfregar-se e roçar com vigor as coxas no meu pau. Fiz tudo que ela queria e nada além do que ela queria. Quando chegou minha vez de mudar de bairro, nunca mais a vi. Da última vez que soube, morava em Petrópolis. Renato A., se percebeu, calou-se, mas foram aqueles bailes que me levaram a desconsiderar sua hipótese de que a misteriosa professora da casa seis fosse amalucada. Ele estava pensando na mãe dele. Um dia a professora desapareceu, foi morar em outro bairro, com a mesma discrição com que chegara: ninguém viu a mudança. Apesar de tudo, ainda acho que havia qualquer coisa de esquisito naquela mulher. Hoje se suspeitaria de lesbianismo, embora mulheres não fossem vistas, do mesmo modo que os homens, entrando ou saindo da casa seis. Um caso desses inferniza a vida de qualquer bisbilhoteiro e o enigma daquela discreta professora permanece como uma lembrança incômoda.

Ao mistério sem solução eu preferia as histórias de alma e outras assombrações e as reportagens verbais das grandes animosidades entre malandros valentes de ilimitada coragem. Havia sempre alguém que ouvira falar do último combate entre o valente este e o valente aquele, socos, cabeçadas, rabos-de-arraia, facas e navalhadas. Revólveres não eram de uso comum. Talvez porque eram caros, talvez porque contrariassem o código de macheza da época. Desavença séria era para ser resolvida no braço e na arma branca. Nem todos os malandros firmavam seu prestígio e respeito através do número de mortes e aleijões de sua folha corrida. Muito raro, por exemplo, os cafetões que andavam por ali participarem de conflitos corporais. Vestidos com aprumo de época, quase sempre um terno de linho S-120, sapato de camurça ou bicolor (preto ou marrom e branco), tilintando ouro no pescoço, nos dedos, nos pulsos, uma vez ou outra desfilavam com alguma de suas mulheres negociáveis. Admiração e inveja acompanhavam o passeio do par. Mulheres e riqueza adquiridas sem esforço aparente constituíam o cacife com que aqueles malandros pacíficos se candidatavam à galeria da fama local. As más línguas da minha família, por exemplo, difundiam a acusação de que eles espancavam suas prostitutas, o que repelíamos indignados. Éramos adeptos da tese da exploração sem machucados físicos. Sob os mais variados disfarces percebi mais tarde que a tese predominava no comércio, na indústria, agricultura, finanças e nas relações sociais. Para minha surpresa, trata-se, na verdade, de um dos mais refinados discursos morais da modernidade. Não haverá, portanto, restrição ao registro que faço aqui de que eram, os cafetões, nosso modelo de homem. Íamos, pois, dormir serenamente com a alma cheia de sangue e carícias femininas, certos de que nosso dia chegaria. Não fôssemos nós os desgraçados preferidos dos malandros em disponibilidade. Mas o dia não chegou para todos, vê-se pelo retrovisor do fim de linha. Falo só por mim; nunca cicatrizei a ferida de haver fracassado em minha aspiração de proxeneta, e nem mesmo Zina, sobre quem não direi uma só palavra, foi capaz de consolar-me. Zina revelou-se um marco de aprendizagem na estratégia da sedução. Todos os homens daquela casa, e não me refiro à minha, levantaram-se mais de uma vez à noite para tentar conhecer Zina, o corpo de Zina. Zina não era uma prostituta oficial, dormia no emprego e ostentava um dos mais bonitos rostos de meus sonhos. Creio que dos sonhos dos outros também. Gestos graciosos, olhares ambíguos e, sejamos objetivos, perturbadores seios, pequenos, rígidos, deixados livres sob o guarda-pó, sempre com o botão superior aberto. Éramos cinco homens, do patriarca ao filho caçula e deste ao desocupado em residência, eu. Pode ser exagero da memória, mas não transcorreu uma noite, enquanto esteve lá, que Zina deixasse de aturar a visita noturna de pelo menos três dos machos inteiramente apaixonados por seus olhos verdes e, em especial, por sua magnífica bunda. Receber visitas é um modo de falar, porque ela não as recebia senão quando ninguém mais conservava esperança de obter algum sucesso. Ignoro até onde as visitas ocasionalmente premiadas podiam reivindicar vitória. A excitação era enorme, não sendo incomum que candidatos a serem recebidos esbarrassem, quando indo, na semi-escuridão das salas e da área de serviço, com outro que voltava. A vergonha havia desaparecido daquela casa. Ninguém observava as cautelas regulamentares, exceto eu, que jamais a procurei à noite. Durante as tardes, quando o movimento amainava, eu ia ajudá-la nos afazeres da cozinha. Mais de uma vez a minha colaboração limitou-se a massagear seus seios, por dentro do avental, e foi o segundo par de seios que toquei com consentimento da dona. Foi minha particular interpretação de amar, verbo intransitivo, que nem havia lido. Não demorou muito e a matriarca considerou suficiente a educação sentimental de seus filhos, seu marido e do agregado a tempo fixo. Zina foi despedida. Peça em um só ato, legando discussões entre os machos, patriarca inclusive, a propósito de quem teria chegado mais longe nos intercursos com Zina. Era assim a moral privada do estamento social que eu começara a freqüentar, ainda com projetos de gigolotagem, mas já em dúvida sobre meus talentos e recursos naturais para ser bem-sucedido na profissão que, prioritariamente, escolhera. Decidi, então, ingressar na universidade, espécie de autopunição pelo desmoronamento de um projeto cultivado desde cedo, tudo devido à minha incompetência. Se não era capaz de ser cafetão iria ser professor. Aprendi sobre mim e sobre os costumes privados das famílias de classe média. Mas, no momento, eu já aprendera muita coisa entre o início e o meio da adolescência, quando ainda um dos pivetes defensores da honra da cidadela da infância, desprezado por J., a filha-da-puta. O que a experiência com Zina pusera a nu fora o papel da oportunidade na manutenção da moralidade familiar. Tema de grande apelo antropológico pouco explorado pela disciplina.

Soube por acaso que este outro, Larissa, Orlando de nome de batismo, entregava listas de bicho para os contraventores do bairro. Vivia com os pais e número desconhecido de irmãos em uma casa três ou quatro ruas depois da nossa, mas se "naturalizara" mediante atos de bravura, tais como quebrar um braço e arrebentar a boca, de um tombo, ao pular de galho em galho de um pé de jamelão. Era meu lugar-tenente para assuntos de conflitos internacionais (contra ruas vizinhas). Entregar listas de bicho não deixava de ser uma ocupação de respeito. Hoje estaria estacionado no posto de "avião". Também não vinha ao caso o nome. Larissa, sonoro e de origem ignorada, servia muito bem como identidade pessoal. Quase ninguém era chamado pelo nome de certidão e sobrenomes não existiam. Parecia, a todos nós, excesso de bagagem. Quando cheguei à universidade descobri a irrelevância dos nomes, em círculos aristocráticos, e a magia dos sobrenomes. Não ter um sobrenome conhecido pelos professores era o mesmo que não ter identidade. Outro indício, além de não falar francês, de que estava ali como intruso. Dei, no devido tempo, solução ao problema de minha invisibilidade, nem nome nem sobrenome, sem copiar a alternativa radical de Cilico.

A essência da vida era fazer do nome-apelido um emblema de honra e respeitabilidade. Aos mais audazes e dispostos cabia a transfiguração do apelido em arauto do horror. A menção do nome "Bambino", líder do morro ali ao lado, provocava o mesmo efeito que o advento do Apocalipse. Sorte não haver um só desgraçado que soubesse o que era o Apocalipse. Santa ignorância, vantagem que estimulou meia dúzia de valentes de segunda ordem a tocaiarem o tal terror, sonsos que só eles, a conversar em uma esquina interior das ruas que se cruzavam. Dizem que depois do massacre o Bambino ia poder expandir-se em todas as direções, menos no pau, que quase volta ao útero da mãe. Bambino esfarelou-se no tempo e, tanto quanto consta, não ficaram registrados nem seu nome nem seu sobrenome, os quais, aliás, eu nunca soube. Mas o que há em um nome?

As desvantagens físicas eram compensadas por vis covardias, sendo que estas duas últimas palavras não circulavam entre nós com o mesmo significado dos dicionários. Vil, para início de entendimento, era palavra desconhecida e covardia só se aplicava em casos de maiores que espancavam menores. Não era admissível como demonstração de hombridade. Nenhuma outra particularidade identificava um covarde, e todos os expedientes, inclusive fugir de um conflito indigesto, de duvidoso desenlace, faziam parte da lista de legítimos recursos de sobrevida. Dava gosto ouvir Tião Medonho narrar como havia escapado de surra que um certo gordo da rua paralela ia aplicar-lhe, com conseqüências previsíveis para mais de mês, metendo-se em uma gigante lata de lixo. O estúpido gordo passou sem atinar com o esconderijo e Tião Medonho emergiu orgulhoso do latão, cheio de cocô de cachorro, restos de comida, preservativos e tampax. Uma vitória e tanto.

Em um dos freqüentes conflitos de rua contra rua armei-me de pedras, muito bem escondidas nos bolsos. Eu não era conhecido por empregar artefatos de ajuda, costumando enfrentar as pelejas aos murros e pontapés. Certa ocasião, na seqüência de uma briga iniciada na sessão da tarde do cinema, meu oponente sacou de uma gilete. O correto seria fugir. Deu-se o improvável, porém, comigo avançando contra o desgraçado, do que resultaram dois cortes em minha coxa. Alguém interveio, para minha salvação. Eu havia sido apresentado ao meu instinto suicida, do qual seria marionete ao longo da vida. Mas circunstâncias também surgiram nas quais a decisão de obedecer à minha vontade, a qualquer preço, preservou minha integridade. Sou um suicida, tendo sido obrigado a ressuscitar-me um bom número de vezes. Não estou fazendo outra coisa, aliás, neste momento, senão me suicidar.

De minha parte, nunca usei armas, exceto naquele combate. Ninguém esperava por nada semelhante. Como de hábito, formação contra formação, em linha, os líderes de facção adiantavam-se alguns passos e parlamentavam, arrolando as acusações de uns contra os outros, as maldades que este ou aquele teriam cometido, exigindo reparo de honra. A denúncia era submetida a imediato contraditório, rememorando-se antiga desavença mal compensada entre este e aquele outro. Pretextos. Tratava-se de um estudo de terreno: quantos estavam do lado de lá, quantos de cá, tamanho e físico dos potenciais combatentes. Discretamente, cada um ia escolhendo o adversário, na eventualidade de que a pancadaria se generalizasse. Sempre que a peleja parecia equilibrada, a conversação era bem-sucedida. Pedidos de desculpas, hipócritas, mas eficazes, equívocos esclarecidos e ficava tudo por isso mesmo. Quando um lado percebia que o outro estava em inferioridade, aí o debate degringolava, o lado mais forte insistindo que os alegados agravos recomendavam castigos inesquecíveis, o mais fraco ponderando que o assunto não era tão grave, e de humilhação em humilhação ia recuando no asfalto. Sem exceção, a discórdia terminava com o bando inferiorizado posto a correr depois de alguns bofetões nos primeiros da fila.

No dia das pedras, dia inaugural de nova tática de luta, fiquei alguns metros para trás do primeiro escalão, apreciando o desenrolar das tratativas. "Bonitão" chefiava o nosso grupo e argumentava com veemência, recebendo em troca declarações de igual solenidade do tal Bambino, ainda na posse de um caralho incólume. Pela expressão corporal de Bonitão percebi que, em sua avaliação das tropas em presença, a prudência indicava um armistício. Fiquei indignado. Dei para inventar para mim mesmo, em silêncio, um sem-número de agravos que nos teriam feito e que se esgoelavam por reparações. Era a honra da cidadela em jogo. Exacerbei as mentiras até o estágio em que fiquei sinceramente convencido delas. Era o que precisava. Tirei uma pedra do bolso e mandei com toda a força no peito do Bambino. O desgraçado era forte como um desgraçado e, depois de um breve ui!, continuou a conversa, buscando com o olhar o autor do ataque sorrateiro. Alisava o peito, cuja dor aumentava, enquanto a voz se tornava mais branda. Seus aliados deram-se conta do perigo e começaram a debandar. Foram em paz, sem ulteriores violências.

Meu retorno à base foi cinematográfico. O brilho nos olhares dos menores, em fila atrás de mim para onde fosse, reproduzia a majestosa imagem de São Jorge, em ouro e cravejada de brilhantes, como era vista nos cordões em volta de todos os pescoços vagabundos da região. Eu, que já fora São Sebastião, humilhado e em agonia, era agora São Jorge, o invencível esquartejador de dragões e apedrejador de Bambinos. Tanto pela novidade do estilo quanto pela maneira de pô-lo em prática, conquistei notoriedade. Aquela pedrada, vinda de uma região meio na sombra, de autoria de difícil identificação, inesperada e covarde, restaria imortal nos anais da conflagração. Dessas experiências que passam de geração em geração de lutadores vitoriosos, hábeis em discernir a hora de atacar sem risco e a não recuar diante da natureza indigna das armas. Eu estava destinado a assistir a embates análogos nas mais inesperadas associações: casamento, negócios, política. Ainda não tomara consciência da extensão em que as regras de combate que aprendia nas ruas freqüentavam os salões dos sobrenomes, as salas de reunião de diretorias, os colégios de líderes políticos e sociais. Era inconsciente, sim, porém estava no caminho certo. Dormi como um asno bem alimentado.

O tal Bonitão não possuía os dentes da frente e desfilava um nariz de palhaço, daí o apelido. Mau como uma serpente, atarracado, idade indefinida mas, sem dúvida, mais velho do que todos, apareceu sem que se descobrisse de onde, sobrinho de um morador nunca identificado. Seu período de liderança foi o mais sangrento e estúpido da história. É desse tempo a grande transformação de valores na cultura cívica do bando, passando a ser elogiável surrupiar lingüiças do armazém de secos e molhados e atacar os menores, tirando-lhes a merenda e os trocados que recebiam dos pais. Chegou-se ao requinte, finalmente: os menores deviam conseguir trocados suficientes, por semana, para garantir a entrada de cinema e um maço de cigarros para cada um dos dirigentes do batalhão – Bonitão, Larissa, Cilico e eu. Não existe tranqüilidade grátis. Para nós, foi um período de abundância.

Com uma deficiência, porém. As garotas que até recentemente participavam de bom número das atividades masculinas – inclusive pique, garrafão e espetáculos futebolísticos (só não topavam pular carniça porque seriam obrigadas a ficar de quatro, estimulando falatórios) – mostravam-se agora arredias, na exata medida em que os seus peitos cresciam. Certamente existe uma conexão astrológica entre a pudicícia e o despontar dos seios. Passaram a ler horóscopo, interpretar borra de café e andar sussurrando número de sílabas dos nomes de cada uma. A neutra proximidade física se transformara em distância elétrica. Penso que era mútuo aquele sentimento de choque trêmulo ao passarmos por elas, que imediatamente cruzavam os braços no colo, como se não bastassem as grossas blusas que passaram a usar, possivelmente antecipando tempestades de neve. Cobriam os seios, mas a novidade mal escondida era a menstruação. Todos nós sucumbimos à superioridade do mênstruo feminino, misterioso, esferas metafísicas acima do primeiro jorro de esperma, quase sempre noturno e despercebido. A menstruação era um segredo, uma descoberta esotérica de um pitagorismo juvenil, e igualmente implacável nos votos de silêncio da confraria das menstruadas. Não conheço adolescente masculino a que tenham confiado informações precisas sobre aquele sangue batismal. Era o momento da grande separação entre irmãos e irmãs. Homens e mulheres nunca mais seriam iguais perante o sexo e não há comparação entre a imorredoura atração que a fonte do mênstruo exerce sobre uns e a curiosidade talvez um pouco mais exacerbada, mas nenhuma inveja, que o canal que despeja esperma produz em outras. Até que o provem. As meninas adquiriam ares de mulheres enciclopédicas.

Ficou para sempre sem esclarecimento uma possível influência dos ritos iniciáticos da menstruação, mas o fato é que J., cujos aniversários eu comemorava roubando-lhe um beijo, mudou-se e, embora situada a nova residência em rua próxima, aproveitou para me comunicar que estava tudo acabado entre nós. Mas que tudo, santo Deus? Só podia ser o que ainda não havia acontecido. Era o futuro que havia terminado, a duas quadras de distância. Vem daí minha implicância com a teoria einsteiniana da relação espaço-tempo. Relatividade é o cacete!

Tentei substituí-la em meu orgulho, mas, qual nada, as meninas estavam se apaixonando pelos rapazes mais velhos, prejuízo derivado daquele processo de amadurecimento assincrônico que faz das adolescentes mulheres com larga experiência de vida aos olhos dos adolescentes de mesma idade biológica, mas de comprovado retardamento emocional. Por motivos nunca bem estabelecidos tendi a atribuir à feiúra do Bonitão as minhas dificuldades amorosas. Estava a ponto, espasmo suicida, de desafiar a liderança daquele Quasímodo sem corcova quando, assim como aparecera, o facínora desapareceu. Ainda bem, porque, mais certo do que o desastre do desprezo de J., eu seria espancado por Bonitão até pedir penico. E duvido que pedisse.

Assumi a liderança do elenco em clima de desagregação. Larissa se profissionalizara como entregador de lista de bicho e dispensava a divisão da féria obtida com os achaques aos guris. Havia sido promovido na escadaria da contravenção. Achei melhor sair por cima e ordenei o encerramento da extorsão infantil. Em compensação, os que tinham irmãs ainda menores do que eles deviam convencê-las a nos mostrar as bocetinhas. Ali estava outro valioso lembrete aos garotos: quando uma pena é cancelada, prepare-se para outra pior. Boa parte dos guris cumpriu o trato, trazendo-nos as pequenas irmãs. Um, à falta de recursos humanos disponíveis, ofereceu a que vinha antes dele, um ano mais velha. Nem foi perguntada com quantos anos estava; repudiada por excesso de idade. Havíamos programado um evento proibido para maiores de sete anos. Não sei se já observaram, lubricamente, uma bocetinha de cinco anos. Era uma novidade e uma festa. Depois das exibições ia cada um para o banheiro de suas casas. Perdi a conta das punhetas com que me deliciei tendo a imagem da boceta de L. na cabeça. Se é para tudo contar, muitas vezes enfiei os dedos em sua boceta e, até hoje, a memória falha e o conhecimento anatômico precário, especulo se não desvirginci a guria. L. era a irmã caçula de Elza, Marina e Lea, nessa ordem, das quais era impossível alguém chegar perto. Não tinham irmãos, maiores ou menores, e L. foi trazida ao torneio por minha iniciativa. As ferozes irmãs nunca descobriram quem, na família, só não foi comida por falta de oportunidade. A oportunidade é tudo para quem tem iniciativa e audácia. Mas não foi o nosso caso; audácia e iniciativa nunca nos faltaram, a oportunidade é que não compareceu. Cultivei, anos depois, a suspeita de que muitas das virgens em circulação são, inicialmente, um subproduto da falta de oportunidade; depois elas se acostumam e defendem como virtude. O mesmo se aplica aos ladrões, assassinos e homens de negócios, não me venham com histórias; os que não o somos devemos à escassez de oportunidades, embora em muitos se tenha convertido em virtude. Santos por falta de oportunidades demoníacas é o que não falta no planeta.

Cilico desaparecera dos dias e das noites e só voltaria a dar notícia, involuntariamente, pelas páginas dos jornais: assassinado pela polícia. José Rosa, seu irmão mais velho, que nunca se manifestava, calou-se, para variar, e nunca mais foi visto, carregando um silêncio matuto. Picolé, figura menor no futebol, nas brigas e nos namoros, sumiu sem deixar endereço. Outro se mudou para Copacabana, e um dos Vidaes (eram dois) resolveu ficar noivo, notícia que provocou enorme inquietação na quadrilha. Era a temida dissolução, apavorante véspera do cada um por si. Ficar noivo sem debate prévio fora ofensivo e ameaçador. As más notícias começaram a se suceder. Renato A., anteriormente desligado do Colégio Militar por repetência, decidira ser cadete da Aeronáutica, vejam que ironia, e vivia em cursos preparatórios. Aquela amizade perpétua estava a ponto de nos ensinar o significado mundano, realista, de toda perpetuidade. Só faltava agora o Tião Medonho começar a estudar, o que, para definitivo choque afetivo dos membros que sobraram, aconteceu. Dizem que virou advogado, não posso confirmar, aqui nunca apareceu, e olha que me livrar desta cela branca, nua, de compulsória misantropia, até que não era mal. Foi um senhor aprendizado de vida. Vi de tudo, de como se fazem os fortes e os fracos, os espertos e os tolos, as virtuosas e as vagabundas — como a J., por exemplo, que vim a reencontrar em baile de carnaval na Associação Atlética do Banco do Brasil, cheia de peitos e de quadris, à disposição de quem se habilitasse. Menos à minha disposição, filha-da-puta, pois eu era o único fio que a prendia ao que ela considerava dignidade: comigo, nada feito; dar, para mim, ela não daria nunca. Lembrei que, ainda adolescentes, ela começara a andar com o filho do marceneiro e, segundo consta, foi a primeira da turma a perder o cabaço. Vivia com a madrinha, senhora de pose aristocrata, que duvido muito tenha ficado satisfeita com a notícia. Lambi os beiços de satisfação retroativa. Jamais consegui entender por que diabos, depois de umas duas temporadas de namoro sério, dos oito aos dez anos, J. deflagrou uma revolução de sentimentos e passou a me abominar. Eu não fizera nada, nem a mão nos peitos que ela não tinha tentei passar. Talvez tenha sido isso, haja vista a precocidade no adeus à virgindade. Eu a idolatrava, mas nunca revelei minha fraqueza.

Nem contarei aqui a história de Yolanda, outro episódio desastrado em minha tumultuada vida amorosa. Só um flagrante, vá lá, ainda no carnaval e na mesma Associação do Banco do Brasil, mas em outro ano. Não consigo apagar a cena. Sentados no chão, minha cabeça em seu colo, Yolanda filosofava: "Quem poderia imaginar, você finalmente deitado no meu colo, todo carinhoso." Armei uma cara de romântico, olhos de ressaca, enquanto ela completava: "Vai à merda!" Levantou-se e foi embora.

Dei para beber, não por isso, mas porque não havia nada de interessante para fazer. O bando desaparecera, só restaram os sem-futuro, que não me comoviam. Bêbado, ficava interessante para os outros, pois nada é mais interessante para a humanidade do que os espetáculos da degradação alheia. Os exemplos que presenciara consolidaram o aprendizado de maneira definitiva. Vivi muito tempo com duas visões: uma, estrábica pelo álcool, via o mundo como qualquer bêbado o vê, aguardando as solicitações dos terceiros ao redor. Pouca gente sabe que bêbado não tem autonomia, não toma iniciativa de coisa alguma. Confundem bêbado e maluco, simplificação muito característica do universo das pessoas normais. A normalidade é filha da simplificação e, por isso, redundante.

A outra visão era mais distante e percebia a mim mesmo enquanto bêbado e os circunstantes enquanto normais. Flutuava e me sentia fora de mim. Foram os únicos momentos em que essa expressão ganhou sentido: estar fora de si é a única maneira de estar dentro de si, só que imponderável. Ora, eu sabia o que era ser bêbado, mas a rara distância visual abriu as portas da percepção para o que era ser normal. Foi a minha perdição. Voltei no tempo aos combates de rua e suas bárbaras regras. Eu havia aprendido tudo, praticado tudo. O mundo estava se repetindo e eu não sabia se a infância teria sido a projeção de mamulengos ou se a estação adulta era a mesma infância em dimensões avantajadas: as crueldades, extorsões, covardias, lascívias, traições e fugas. Esses haviam sido os ensinamentos dos tempos de inocência. Se o normal era isso, eu sabia fazer. Fiquei normalmente milionário e canceroso. Curei o câncer, mas não a fortuna. Decidi empregá-la em perfídias, testar a tolerância à humilhação, explorar a complacência malsã do meu semelhante. Uma surpresa. A cada pedrada desferida do escuro voltavam aplausos e pedidos de bis. A cada infante deflorada produziam um vídeo de homenagem. A cada extorsão, um oh! de admiração. A cada notório roubo, uma medalha. Tenho condecorações em número suficiente para uma triunfal fantasia carnavalesca no quesito originalidade. As mais invejadas: legislativas, científicas, culturais, militares, diplomáticas, andam espalhadas pelos aposentos, junto com as demais antiguidades da minha trajetória. Posso me orgulhar de haver sido um retumbante sucesso, reverenciado e cortejado pelas melhores famílias da cidade. Convites para jogos de biriba, recitais domésticos de poesia, chás beneficentes, além das sugestões de encontros adúlteros e ofertas de filhas casadoiras, prendadas logo se vê. Há uma moral a ser reconhecida em tudo isso.

Em havendo possibilidade de escolha, nasça um desgraçado, cresça um desgraçado, seja um desgraçado. Por falta de competência, é a lei da sobrevivência dos mais aptos; muitos são liquidados pelas autoridades, outros terminam advogados, todos equivalentes, se você reflete um segundo a respeito do assunto. Mas o cúmulo dos desgraçados, o mais desgraçado dos desgraçados, o pavor dos desgraçados, o rei dos desgraçados, a bíblia dos desgraçados, o manual prático dos desgraçados, o breviário dos desgraçados, o cântico do cântico dos desgraçados, esse, meu caro, não deixa rastro. Eis, então, as perguntas que valem sua vida ou sua morte moral: é possível um mundo sem desgraçados? Se possível, vale a pena? A armadilha de meio tostão é tradicional, mas nem por isso presente nos julgamentos éticos que estão se tornando a principal forma de coação utilizada pelos escriturários, taxistas, farmacêuticos e todos os outros parecidos com estes, contra quem não é escriturário, taxista, farmacêutico e todos os outros parecidos com estes. Se não fosse pelos desgraçados, é a resposta, como então poderia alguém passar por ser uma pessoa de bem? Por isso alimentavam os desgraçados infantis e juvenis, para que viessem a ser a fonte de energia de escriturários, taxistas etc., sem esquecer dos novos-ricos e antigos escroques. Há uma fábula sobre a alimentação do futuro alimento. Posso informar, com toda a segurança, que não se trata de fábula.

## IV
## CARREGO A FRUSTRAÇÃO

Carrego a frustração de não haver fodido a minha mãe. Ficou-me um tesão inacabado, uma insuficiência vocacional que mulher alguma conseguiu suturar. Não é uma carência qualquer. É o lamento mais silencioso, secreto e dolorido que se possa conceber. Lembrar em relâmpago os seios, as coxas, o ventre e até a bunda, acaso entrevista excita e castiga, provoca batimentos e sopros nasais. Por breves instantes, porém, interrompidos pela interferência da razão tentando congelar as imagens repentinas. Há uma estranha velocidade nos flagrantes da memória, uma insuperável resistência ao comando da vontade erótica. Os instantâneos não se submetem à química da fixação fotográfica e todas as partes do corpo recuperado evitam a nitidez do pormenor, do sinal, da saliência familiar. Impossível domar os movimentos dos membros e pedaços corpóreos que raramente se manifestam integrados em uma só pessoa. Existem como se pertencessem a diferentes mulheres. São destaques autônomos, imprevisíveis e irrequietos, que desaparecem assim como se introduzem:

quando menos se espera e em absoluta descontinuidade com tudo que veio antes e tudo que vem depois. É inexplicável como a sensibilidade reconhece a aparição, ou aparições, como a de minha mãe. E, todavia, é ela sim, minha mãe, nádegas e pentelhos.

As mãos e os pés nunca surgiram com perfeição, a cabeça decepada pela memória, o corpo desarticulado e inquieto, o rosto jamais fitando o meu rosto, ou talvez eu próprio não o olhasse de frente. Foi depois de afinco e treino que o domestiquei e pus de quatro, o lombo alvissareiro de penugem loura, a esplêndida bunda branca em posição de entrega: duas nádegas maciças e suculentas. E eu não sabia como começar. Alisava-as de cima a baixo até a reentrância do encontro com as coxas. Então, apertava-as com suavidade, as mãos cheias de carne macia, sem oposição. Não ousava afastá-las, deixando o cu acomodado em segredo. Tentado, faltava coragem.

Foram várias as experiências frustradas, depois de domesticado o corpo, no exercício da vontade de libertar as mãos, fazê-las agir conforme o meu desejo, investigar tudo, petulante. As mãos não obedeciam, mantendo-se restritas ao passeio de superfície. Vieram, antes, os beijos, com os lábios roçando levemente a pele do caminho inaugurado pelos dedos. E rapidamente a língua se apossou do território. O coração bateu forte a primeira vez, e a língua estava seca. O costume trouxe o sossego e a saliva. À língua que passeava somaram-se outros beijos, agora de sucção, alucinantes.

Passei a língua pela fenda da bunda várias vezes. Beijei as nádegas com ardor. Com esperma real umedecendo minhas coxas, hesitei, na iminência de penetrá-la.

Percebi, depois de domá-lo, que a imobilidade do corpo de minha mãe me incomodava, mas temia a autonomia de seus movimentos. Mantive-o inerte, enquanto abria suas pernas e devorava o excesso de cabelos que escapavam pelas margens da calcinha. Sempre imaginara uma delicada boceta, embora inundada de pêlos de todos os tipos: lisos e encaracolados, negros. Uma elevação estratégica indicava abundância. Não toquei, nem retirei a calcinha. Ainda havia restrições imaginárias. Para certos efeitos, as imagens eram superpostas, sem continuidade. Foi assim que, no cenário seguinte, a calcinha desaparecera e eu não via senão uma vasta floração de pentelhos, dispersa, cobrindo tudo, invadindo a virilha, descendo pelo córrego até à entrada do cu, ainda preservado à visão pelas nádegas cerradas. Mas as pernas francamente abertas expunham o convite escuro e revolto à visitação. Com a palma da mão senti o escorregadio dos cabelos entrelaçados e os afaguei em carícias circulares, iniciantes. Voltei à intimidade da bunda, o rosto deitado sobre as nádegas, de pau duro. Não sei como o corpo havia se virado. Eu não o fizera.

Pela primeira vez enfiei ligeiramente o indicador e o médio da mão direita na fenda da bunda e os fiz escorregar do cóccix ao início de outra coisa, separando as duas meias-luas. Surgiram longos fios de cabelos esparsos e só eles eram visíveis. Adiei uma exploração mais incisiva e lambi as coxas, também pela primeira vez. A região era minha. De entre as coxas, olhando para cima, discernia os ralos pêlos que guarnecem o final do rego da boceta. Era possível adivinhar o rego, mais do que localizá-lo corretamente. Assim, não era excitante.

Não me admirava que, postado de barriga para cima, o tronco houvesse desaparecido e o corpo estivesse sintetizado entre um rosto rígido, como que falecido há horas, e sua continuação do ventre para baixo, sem canelas e pés. Dava a impressão de completude por insinuação, como nos esboços de trabalhos escolares. Só adquiriam contorno naturalista os troços em que estava interessado. E, naquele momento, eu estava interessado na boceta e arredores.

Mais cedo vim a conhecer a boceta do que o cu. Afastando com alguma ansiedade os pêlos, cheguei à carne surpreendentemente macia da caverna, cedendo, submissa, à pressão dos dedos, e que descerrei, sôfrego. Estava molhada da gosma lubrificante, sem cheiro, e de grelo a descoberto, antes mesmo de que experimentasse a contratura sob carícias, o que, aliás, evitei, cauteloso. Talvez o grelo guardasse impressões antigas, alimento votivo de expectativas nunca esmorecidas. A morfologia interna era comum, de peculiar somente o orifício das celebrações, algo estreito. Todos sabem como são por dentro. Estava claro que, para corresponder a qualquer iniciativa posterior, o corpo de minha mãe reivindicava um sopro de vida, sem o qual continuaria estatuário. Seria impossível fodê-lo, assim, estático. Foram momentos de extraordinária tensão, pois ignorava como se comportaria depois que eu lhe desse a vida. Mas a visão de uma mulher paralítica, só cabeça, ventre e coxas arreganhadas lembrava antes um esquartejamento que uma orgia. Era insuportável, e fez-se a doação telepática, fecundação eficaz da vida. Um corte cinematográfico substituiu o recém-nascido corpo em descanso dorsal por outro, de bruços, nu e completo, costas e tudo. Ali estava o torso inteiro, magnífico, a silhueta dos quadris bem acentuada, traço indispensável das belas mulheres de antigamente. Não houve titubeio na volúpia de acariciá-lo em reconhecimento, copiar com as mãos o recuo da cintura e alcançar as coxas, que agora correspondiam, discretamente cooperativas, aos estímulos dos dedos para que se afastassem. O primeiro sinal de vida foi hospitaleiro, cúmplice. Compensei-o com longa sucessão de beijos na parte interna das coxas que, de quando em quando, tremiam. Em breve, as costas, as coxas e as nádegas estavam marcadas por sucções e lambidas, úmidas, cuspidas, babadas. O próximo passo seria terrível e não poderia ser dado sem que eu apartasse a bunda e atingisse a intimidade do cu. Meus gestos haviam sido apressados e confiantes, até aquele instante. Com a decisão de um assalto limitado, só depois conscientemente reconhecida, afastei as nádegas, sem olhar o interior, e as fechei, mas agora com meu pau enrijecido entre elas.

Não saberia dizer se a cabeça tocava o cu, mas, com certeza, penetração não houve, ficando o pau acomodado dentro da bunda, que o engolira. Eu considerava que tudo ainda era inocente, uma carícia carnal mais íntima, remissível. Era meu turno de ficar imóvel, meu peito contra as costas de minha mãe, minhas coxas nuas entre suas coxas nuas, generosamente afastadas, meu pau dentro de sua bunda roliça. Inocente ou não, meu tesão não era mais solitário, estando ali o testemunho das nádegas que uma vez ou outra se contraíam, comprimindo meu pau a postos. Conheci a temperatura do rabo de minha mãe. Era a hora de enfrentar a boceta.

A mulher estava inteira e viva, ventre, torso e seios. Somente o rosto continuava rígido, sem olhos ou movimento. Sem me apalpar, estava seguro de que, havendo deixado um pau adormecido na bunda de minha mãe, eu ainda dispunha de outro, e de quantos a luxúria viesse a solicitar. Inesperado foi o retorno da antiga e aguda indecisão, que supunha para sempre superada. Nem mesmo inspecionar com os olhos parte a parte do corpo íntegro eu me aventurei. Olhava para um inventado ponto de origem em algum lugar do ventre, e dali não arredava os olhos. Nu, de quatro sobre o corpo disponível e quieto, e sem tocá-lo, fechei os olhos. Assim fiquei enquanto acostumava o olhar à escuridão dos olhos fechados. O lado interno das pálpebras parece um firmamento, observado de um satélite. Uma multidão de riscos e explosões, cores, colisões velozes e, inclusive, o próprio negro habitam um céu sem fim, esta a sensação que a escuridão provoca. Depois de adaptado às circunvoluções desses peculiares corpos celestes, retomei a atividade fabulatória, transferindo o intocado corpo sob o meu corpo nu para o firmamento das pálpebras, sob a feição de imagem, naturalmente. De qualquer modo, um feito tão grandioso quanto uma revolução bem-sucedida e a tomada do poder que a consagra. Estava outra vez em comando, apto para operar sobre o corpo, repetir experiências, dispô-lo como me conviesse, apagar indícios, sem a obrigação de me apossar de seu modelo, em repouso na cama, sob meu corpo nu. Era um ensaio de lascívia.

Fiz de tudo, sem escrúpulos, flutuando no firmamento das pálpebras cerradas. A cada avanço – por exemplo, mordendo o bico de um seio, virgem de assédio no corpo real, em decúbito na cama – sem pressentir repúdio ou asco, crescia o estímulo a audácias folhetinescas. Testei a elasticidade da vagina, expandindo a cavidade genital com os dedos ao ponto de me amedrontar com o tamanho do orifício – por ali passara eu, um dia, com cabeça, tronco e membros, epopéia quase inconcebível. Em fantasia, imaginei um mundo em que viéssemos do nada, maduros uns, decrépitos outros, e escalássemos o tempo ao revés. Morrer era enfiar-se alguém pela boceta adentro da própria mãe ao encontro do sêmen primordial, indiferenciado e eterno, ao contrário da essência da vida, que é uma jornada suicida em direção ao nada. A maternidade seria menos dolorosa e a morte bem-vinda. Os exercícios se esgotaram na ausência de resposta do corpo de mulher colado ao avesso das pálpebras. O aprendizado terminara, o momento era decisivo. Ao retornar ao corpo revivido e exposto na cama, decidi que qualquer hesitação seria fatal, paralisante. Abri com bruta vontade as pernas de minha mãe, afastei os pêlos, esfreguei o grelo em busca do lubrificante e enfiei meu pau de uma só vez. Fodia-a selvagemente, com ódio, sentindo que era percebido e que o vaivém do meu pau, cada vez mais lubrificado, não era em vão. A cooperação veio pouco antes que eu gozasse a primeira vez. Os braços continuavam largados, os olhos fechados, mas os quadris registraram o ritmo da foda e levemente se ajustaram a ela, recuando um pouco quando eu saía e avançando quando eu entrava. Foi a senha para a explosão final. Tudo em silêncio.

Fiquei deitado ao comprido ao longo de minha mãe. Dois mortos petrificados. Mortos bem vivos e dissimulados. Foi quando ela abaixou as pernas e virou o rosto para o outro lado. Não mexi um músculo. Por falta de ânimo e por não fazer idéia do que iria acontecer. E assim ficamos, eu e ela, nus, deitados lado a lado, à espera. Minutos, talvez. Vários, quem sabe?

Enfim, tergiversando como que por acaso, esbarrei com a mão em sua coxa. Imediatamente ela escancarou as pernas. Continuei quieto. Ela mexeu-se, ficando no mesmo lugar, mas, em minha imaginação, queria indicar que estava viva e inquieta. Escorreguei até seus pés, meti-me entre suas coxas e enchi minha boca de cabelos e leite e carne e cheiro de tesão. Lambi, chupei, mordi, agora acompanhado com movimentos mais nítidos de seus quadris e coxas, ora se abrindo amplamente, ora se fechando. Saciado, entrei de novo em seu corpo e a fodi com doçura. Enquanto o corpo respondia à minha penetração, se elevando para mais profunda posse, lágrimas desciam dos olhos de estátuas gregas, cerrados, de minha mãe. Ela sabia que eu sabia.

Eu seria um miúdo, se acaso fosse português, uns quatro anos, não mais. Passava pela sala quando os vi sentados lado a lado, cada um em sua cadeira, lateralmente encostadas uma na outra, de mãos dadas, beijando-se na boca. Ele era irmão de criação dela e ela era a minha mãe. Meu pai, por essa época, ou estava procurando emprego ou servia de garçom em algum botequim. Nunca participou da história, dessa ou de qualquer outra. Sou o único rastro de meu pai.

O que houve depois do beijo, não sei, nem sei de mim depois daquele beijo, pois a memória ficou agarrada à imagem dos namorados enquanto meu corpo se diluía mais à frente. Pude revê-los ali, naquela sala, dezenas de anos passados, justamente porque minha memória associara-se ao fato: o beijo era o beijo entre minha mãe, seu irmão de criação e a minha lembrança dele. Olhares furtivos e frases ambíguas entre os dois, ao longo da vida, só o eram para mim, que estive presente àquela comemoração clandestina. Aos demais, não passavam de dois irmãos a se hostilizarem carinhosamente com implicâncias de faz-de-conta. Mas evitavam me olhar ou solicitar minha participação no enredo, arbitrando as falsas disputas entre eles. Comigo, juntos, tratavam-se cerimoniosamente.

    O episódio mais insofismável ocorreu durante o segundo noivado de minha mãe. Os dois noivavam no quarto, portas abertas, único lugar da casa disponível para romances. Logo à direita da porta da rua, sentido de quem entra, era bastante cômodo para os que, como eu, ao chegar, terminados os folguedos da noite, entrava despido em meio e em certeiro vôo em direção à minha cama. Já não seria um miúdo, nem mesmo se fosse português, fazendo parte do coro de observadores do namoro dos companheiros mais velhos. Eles e elas, os mais velhos, ansiavam por nossos olhares. Encostados nas árvores, imprensados aos portões, buscavam nosso testemunho com a mesma avidez com que procurávamos acompanhar as mãos dos rapazes aprendendo o corpo das moças: a forma do seio, a grossura da coxa, a solidez da bunda. As bocas mal se encaixavam enquanto os pescoços faziam ginástica, semigirados a ver se os víamos. Durante o dia o pudor imperava; à noite, os casais disputavam à platéia o melhor desempenho.

    Falando sobre minha própria travessia, há mesmo um período em que homens e mulheres se importam menos com o que são ou fazem do que com o que outros pensam que são ou fazem. Vim a ficar íntimo, quando adulto, de muitos que jamais abandonaram esse estágio da existência. Naquela estação da vida, porém, era aceitável o exibicionismo vespertino, do qual deviam escapar todos os casais, sexualmente frustrados e espiritualmente crucificados em glória. Verdade que não éramos constantes, os observadores, perdendo o espetáculo em originalidade com a repetição. Mas adquiri veemente noção de que possuía um pau, subutilizado, embora visitasse, sem jeito e quando calhava, os fundilhos do A., escalado para veado pela liderança juvenil local. Participara da milenar brincadeira de médico e, vez por outra, em dias de chuva, quando não saíamos de casa, minha prima mostrava os seios que cresciam e me deixava sentir como eram duros. Guardei a lembrança como o primeiro par de seios que apertei com permissão da dona. Em minha opinião, eu era um homem vivido.

Pois em uma dessas triunfais entradas noturnas, quarto adentro, testemunho o levantar-se rápido de minha mãe, de costas, saia lá em cima, que tentava baixar às pressas, sacudindo o corpo, calcinhas no meio das coxas, bunda de fora. O noivo, também de costas para a porta, semilevantava-se, ajeitando desequilibradamente a braguilha (suponho) das calças. Não havia equívoco possível: ele a estava enrabando. Estávamos, os desgraçados, justamente em período de obsessão com rabos e enrabamentos. Descobríramos que uma relação sexual como a aprendida nas revistas de sacanagem estava proibida por dois poderosos motivos: tirava o cabaço das meninas; possibilidade de gravidez. Catástrofes seguiam-se na fabulação a estas possibilidades, com o pai da menina descobrindo o irreparável e, de duas, uma: nos mataria ou nos obrigaria ao casamento. Um pesadelo. A solução estava no cu, zona livre de ambos os perigos, descabaçamento e casamento, esquecendo, para alívio emocional, a possibilidade de assassinato. O cu virou obsessão. Transmitida claramente às garotas, vivia-se pesquisando possíveis candidatas a "galinha", aquelas que tomavam no cu. Estávamos atentos a isso.

Minha inesperada entrada em cena não me enganou. Eu sabia o que estava acontecendo entre os dois. Desconcertado, mas sem dar o braço a torcer, mencionei uma camiseta de que andava à procura, uma idiotice qualquer, e retirei-me de volta à rua, integrado aos debates sobre mulas-sem-cabeça, aparições malignas e outras entidades, e quais os antídotos tiro e queda para delas se livrar com sucesso. Como todos sabem, assobiar é a universal recomendação para enfrentar perigos semelhantes, estando reconhecido o fato de que bem poucos recursos nos sobravam além do assobio. Que pronunciávamos "assovio". Fiz as considerações a que tinha direito, como se o mundo continuasse do mesmo jeito de antes. Inclusive quando entrou em pauta o infalível assunto "cu". Soterrava na lembrança, envergonhado, a imagem do acidente de romance, que teimava em reaparecer em horas de completa distração minha. Homem feito, tendo enrabado, eu próprio, várias mulheres, acariciava a lembrança que outrora me envergonhava, quando, sem esforço consciente, ela retornava, esmaecida. Uma espécie de filmograma de espetáculos eróticos, proibidos para menores, ou melhor, subtraídos a todos que não tiveram a oportunidade de presenciar por um segundo o enrabamento de sua mãe. Uma lembrança de adolescência para poucos privilegiados.

De meu tio-avô não possuo evidências tão sólidas. Morávamos todos juntos, minha prima incluída, dividindo cômodos, comida e pobreza. Mas nunca vi ou mesmo suspeitei que alguma coisa se passasse entre ele e minha mãe, dispensado o segundo noivo fazia tempo, sem que um substituto ocupasse a vaga. Custei muito a concluir que, por secretas vias, um entendimento sexual teria havido. Foi chocante, pois a pista era mercantil – o dinheiro que meu tio-avô me passava, às escondidas de minha tia-avó, e sem nenhum motivo aparente. Não era de sua obrigação, muito menos de seu modo de estar no mundo. Nos altos e baixos das finanças daquele pequeno clã, a situação dele era a mais estável de todas, havendo minha mãe perdido o que meu pai, aquele, deixara, por obra e graça de um terceiro parente, cuja biografia pode ser resumida a este registro, sendo tudo mais dispensável. Eis que, sem mais aquela, certas tardes, voltando do trabalho meu tio-avô, ao passar por mim, e sem jamais pronunciar uma só palavra, me punha no bolso da camisa ou da calça duas ou três notas, numerário suficiente para bacanais romanos. Com discrição, minha mãe me advertia para que eu nada dissesse a respeito à mesa do jantar, do almoço, fora da mesa ou em qualquer lugar e circunstância. Quando, décadas depois, destaquei essa história do esquecimento, restou-me, ao mesmo tempo, a quase certeza de uma troca de favores clandestinos entre meu tio-avô e minha mãe, e o ponto de interrogação sobre que retribuição minha mãe teria oferecido, seguro, como estou, de que ele era impotente. Tenho hipóteses, claro, mas não são ilustres.

O núcleo explosivo de significação só se revelou quando nada mais era possível fazer em busca de esclarecimento. Estávamos todos mortos. E era o seguinte: nunca trabalhei durante todo o período em que fomos bastante pobres. Mas minha vida era semelhante à vida dos garotos que não eram tão pobres: estudavam em escolas particulares, vestiam-se de acordo com a moda, ainda que em sua versão de populacho, divertiam-se em circos, cinemas, em riquezas tais como uma bicicleta, um par de patins, bolas de futebol, e todo o arsenal de nadas que, se não os possuímos, passam a ser o único tudo que importa. Nada disso me faltou, e o grande responsável por tão idiossincrática abundância era precisamente o meu tio-avô, por conta dos acertos secretos com minha mãe. Eu vivia com recursos, sem trabalhar, porque os obtinha através dos favores prestados por ela a terceiros. Eu fora gigolô de minha mãe. Ela sabia disso. Eu vim a saber disso.

Terá sido por tudo que acabo de narrar, ou por alguma parte, ou por um mistério que não elucidei. Desde cedo estive nitidamente envolvido em afagos e afetos sedutores. A distinção permanente, a louvação, o melhor bocado, a redoma, a preferência pelo contato físico exacerbado, os beijos, os abraços colados, o corpo tenso junto ao meu, as mãos que acariciavam o rosto e desciam pelo corpo, o abandonar-se entremostrando o seio, o roupão que se abria de surpresa, o roçar, as sonecas juntas, cantatas, cantatas, eu as sentia como extensões de veludo que vinham daquele corpo melífluo e tentavam me algemar por dentro. Foram anos de um processo sedutor a que resisti em permanente guarda. A solidão posterior de minha mãe me transformou na antena de todas as paixões contidas, as não vividas, as fracassadas, as desejadas, me fez o príncipe encantado que jamais se apresentou e a única possibilidade de gozo gratuito, na esperança de vida não vegetativa, exclusivo contato com o fora de si. Restrita a memórias cedo demais, sexualidade interrompida pelas circunstâncias, atada a rotinas inquebrantáveis, nada de novo surgiria senão pela via filial. Filho desejado e temido, filho que sabia, e que sabia que ela sabia que ele sabia. Impossibilidade de subterfúgios hipócritas, de sensualidade que se passa por jogos inocentes, acompanhados de uma lancinante nudez da emoção erótica. Não havia como esconder. Naturalmente, a minha mãe me desejava como todas as mães desejam os filhos, mas sem o escapismo do disfarce pudico. Esse não é um sentimento concedido às mães; portanto, elas podem tê-lo, pretendendo que não o têm, porque ninguém jamais dirá seu nome, nem se espera que se materialize em atos e orgasmos. Mas eu sabia que o desejo se realiza, que um afago no rosto não é só um afago no rosto, e que as mães têm tesão e que as mães querem foder. Eu sabia que ela fodera, não fodia mais e queria foder. E ela sabia que eu sabia e que entendia muito bem suas carícias. Não havia como me seduzir como quem não sabe o que está fazendo e se surpreende quando engravida. Minhas alegações contra ela só se sustentariam enquanto eu próprio não sucumbisse ao desejo, mas suas artimanhas não eram eficazes. A rainha está nua! Era minha infatigável advertência, na atitude, na rejeição do gesto carinhoso, na distância física chegada ao limiar do nervosismo. Ela só se libertaria do sexo através da minha sedução – eu seria igual aos outros e nada mais poderia dizer. A redenção de minha mãe dependia de minha rendição. Os autos da prostituição junto a meu tio-avô, da distribuição de gozo aos noivos, do adultério com o irmão de criação só desapareceriam dos arquivos quando o único promotor que sabia de tudo, eu, se transformasse em mais um caso da crônica acusatória. A acusação perderia a face de inocência.

Foi um embate de décadas até o amargo fim. Ela nunca descansou o desejo, eu nunca o alimentei, usurário de gestos, palavras e promessas. Ao exagero do pieguismo respondi com o exagero da aridez. Ao exagero da devoção contrapus o exagero da indiferença. Fui um inabalável não ao sempre alerta sim da disponibilidade.

Mas não que eu fosse imune. O tempo de exposição, a persistência dos eflúvios e a vulnerabilidade dos nervos faziam seu trabalho de sabotagem. Mais difícil, a cada ano, resistir aos seios, às coxas que, mesmo envelhecidas, sideravam meus olhos, à visão das costas magníficas, tão brancas, lisas, sedosas, sem cicatrizes ou irritações. Mais difícil, a cada ano, rejeitar o abraço morno e o roçar do corpo de formas preservadas e temperatura de sereia. Titubeava escondido na crescente aspereza, quase rispidez, por vezes. Iludia as regras quando, por vontade própria, buscava na memória a cena do enrabamento, justificando o artifício pela necessidade de treinar a resistência da vontade. Cada vez menos inteiriça. E ela sabia. E se esmerava. Felizmente, morreu. Morreu quando eu já desatara a libido, ainda sem forma, mas que a buscaria e saberia onde encontrar. Morreu e deixou-me com este tesão inacabado, que satisfaço em fábulas, em devaneios devassos, em perversões incomunicáveis. Eu devia ter fodido a minha mãe e nos libertado, a ela e a mim, da dor de saber sem conhecer.

Ao consumar a comunhão da carne palpitante, com sua participação ativa, estimulada por mim, em obediência à minha indefensável luxúria, escapou-me ao controle de fabulista as lágrimas do corpo, autônomas – lágrimas que jamais saberei se de gozo feminino ou de libertação da sentença do filho, enviado por fim ao pátio em que se lamentam, por saudades, aqueles que a foderam. Por uma ou por outra razão, foram as lágrimas de sua derradeira felicidade.

# V
## DISPONHO-ME A REVELAR

Reproduzo:
"Disponho-me a revelar o nome do autor destas reminiscências. Refiro-me ao indiciado e seu duplo, não àquela que o extraiu do anonimato em que esperava fazer prosperar a malícia e a corrupção, não a mim mesma, modesta signatária de transcrições. Antecipo o ceticismo dos acadêmicos convencionais – que de corrupção e malícia mal entendem as que praticam com suas clientes em obsoletos sofás – e a mesquinha estratégia de descrédito de minha obra, tratando-a como transcrições destituídas de comprovações empíricas. Fui obrigada a violar o segredo da identidade do investigado. Esperavam que me acovardasse, permitindo, sem desmentido, a circulação de rumores sobre o que seria a precária base factual de minhas conclusões. Equivocaram-se. Ao elevado custo da condenação corporativa de que serei vítima, apresento de uma vez por todas a mais sólida evidência empírica da lisura científica com que dei cabo da missão: o próprio personagem. Eis o homem. Cabe aos agnósticos interpe-

lar o Outro, cuja existência foi por mim abundantemente comprovada. Mas não contem com minha simpatia ou cumplicidade na promoção dessa tertúlia. De ora em diante, entendam-se com o Autor das reminiscências. Cabe-me, todavia, conforme os cânones acadêmicos, o relatório do trajeto. Saibam que me vi levada ao exagero nas ênfases e ameaças antes que o Autor concordasse em autenticar as recordações. Manda a honestidade profissional testemunhá-lo. Perdi em alguns momentos a isenção característica dos supervisores e apliquei-lhe um corretivo exemplar. Foram breves esses momentos, convém esclarecer, mas, de fato, eu os perdi. Justificadamente. Não é porque as redigi, prova de disciplina de trabalho, às vezes mal interpretada como espúrio sucedâneo de um confessionário, que devo perfilhar a autoria das confissões. Estava exausta das horas, dos dias e das noites em que o tive praticamente imobilizado, a pão e água, enquanto não se resolveu a admitir que os padecimentos de alma de que se ressentia estavam, conforme minha hipótese de trabalho, acorrentados às lembranças que recusava fossem as suas. Não houve interrupção para descansos mútuos ou reforço de ânimos. Foi uma gesta de libertação que, não me cerceasse a modéstia, julgaria merecer destacada comunicação aos círculos pertinentes, nacionais e internacionais, além, naturalmente, de inscrição nos anais. Só este saldo, hão de concordar, bastaria para absolver-me dos raros instantes em que a teimosia do paciente alcançou o objetivo de me transtornar, obrigando-me a espancá-lo com fúria até o limiar do desmaio. Do meu desmaio, fique o promotor instruído do pormenor, pois o provocador se revelou atlético aparador de golpes, conservando impertinente fortaleza de espírito e até certa jovialidade física. E com esta informação bastante realista creio deixar transparente a carpintaria do projeto, a parcela por assim dizer manual da investigação.

Metodologicamente, a excepcional originalidade do empreendimento revelou-se no sistemático resultado de que o Autor só reconhecia como próprias, depois de variados tormentos de pia tortura, as complexas lembranças que eu intuía em seu dilacerado íntimo e as narrava, nua e cruamente, com o vocabulário que me parecia adequado às circunstâncias. A sistematicidade dos resultados, justamente por não ser um lance de dados, anula o acaso como possível explicação causal do fenômeno. Nem sempre a narrativa conseguiu atender às exigências da linguagem erudita, ferindo ademais, com freqüência, a etiqueta. Optei, em cada estressante situação de escolha, por preservar o princípio do realismo científico, evitando a introdução de figuras de linguagem que pudessem encobrir ou minimizar a extensão da turbulência subjetiva do paciente.

Ele não abrira a boca desde que o persuadira de que havia um romance em perspectiva e o trouxera, com o socorro de sorrisos, olhares e insinuações, para o galpão do experimento. Insensível a estímulos de fama e fortuna, mendigava uma paixão que o confirmasse vivo. Era notória sua lubricidade, as mulheres evitavam diálogos que autorizassem analogias sexuais, convites à queima-roupa ou telefonemas inoportunos. Não temia riscos, era atrevido. Murmuravam que, por mais de uma vez, fora bem-sucedido. Ele ali estava, derrotado em certo sentido, embora a ferocidade do olhar indicasse a enorme reserva de vitalidade do belo animal que era, contido pela atual fragilidade do homem que fora. Tomei a decisão de não poupá-lo de nada, único expediente que supus eficaz para restituir-lhe o senso de responsabilidade que o sucesso da *persona* por ele inventada diluíra em vaidade e impostura. O limite terapêutico foi determinado por sua recusa em confessar que a *persona* em que se disfarçava não era realmente ele, mas uma fraude nunca descoberta senão por mim. Insisti até a insanidade, mas não fui feliz, clinicamente, e o Autor se manteve indissociável do sujeito que inventara, sem jamais anuir que se tratava de um duplo.

O paciente manteve-se moralmente íntegro durante todo o experimento. Pesquisando os anais da disciplina convenci-me da raridade desta particular contingência da investigação. De um modo geral, os pacientes submetidos à programação para fazê-los falar ou admitir certos fatos como verdadeiros abrem-se às sugestões dos pesquisadores com surpreendente facilidade. À renúncia da identidade original costuma seguir-se um período depressivo, acompanhado de abatimento moral de lenta recuperação. O meu paciente, ao contrário do padrão histórico, parecia haver-se instalado em inexpugnável trincheira, conservando um porte psicológico com leve acento desafiador. Admirável como exemplo de resistência para registro nos diários de pesquisa (ou estágio extremo do mal de que padecia), cobrou esforços suplementares a esta desassistida investigadora. Extrair reminiscências a contragosto do citado exigiu dupla superação, a da carapaça personificada e a do abismo interposto entre ela e a alerta consciência do verdadeiro Autor. Para bem transmitir a magnitude do obstáculo, ressalte-se que nem por imperceptível fraqueza o recluso balbuciou qualquer som além dos usuais uis e ais. Comportou-se como o perfeito não colaborador. Felizmente, o poder de concentração da pesquisadora acompanhou e ultrapassou o poder de resistência do pesquisado, obtendo as respostas estipuladas pelo desenho do projeto e suas hipóteses de trabalho. Há, como se sabe, quem forje resultados, torture estatísticas ou disfarce dados contrários às hipóteses sob investigação. Ninguém se espanta, como em outras épocas, com a generalização da fraude nas atividades e, até mesmo, nas crenças humanas. Pede-se apenas, quando descoberta, que se a retifique como se fora um engano inadvertido. Devo dizer que, nessa matéria, sou das antigas: nunca fiz implante de silicone ou me entreguei a uma lipoaspiração. Trato de circunstanciais resultados desfavoráveis às minhas expectativas de modo análogo à verificação de que porto desagradável celulite: fazem parte do meu show. Evidentemente, não aceito qualquer evidência comprometedora de minhas convicções sem antes ir aos confins dos esforços para erradicá-la. Afinal, ao elaborar minhas hipóteses já estou tomada por absoluta certeza de que são corretas e não será uma contrariedade, aquilo que se chama de 'barulho' nos dados, que me fará alterar os parâmetros que dão sentido à existência. Os grandes cientistas sempre se recusaram a aceitar, sem mais nem menos, os fatos contrários às suas idéias, certos de que maior apuro nas investigações resultaria em sucesso. Foi o que fiz. Não torci os fatos negativos, e os narrei aqui. Mas perseverei no trabalho com o paciente até extrair dele, não obstante seu silêncio, a corroboração de minhas hipóteses. Em momento algum o forcei a mentir. Respeitei a dignidade de seu mutismo. As conclusões a que cheguei são de minha inteira responsabilidade. A extraordinária relevância deste feito, dado o histórico dos anais da disciplina, não deixará de me ser creditada por meus nobres pares.

Nem tudo são flores em projetos de tal envergadura, como bem o sabem os colegas mais traquejados, apesar do ordenamento lógico na memória final redigida e submetida à Academia, sempre sucinta e desprovida dos acidentes ocorridos durante a execução do cronograma. As pistas falsas, as conclusões precárias, precipitadas pela ansiedade do saber, os inevitáveis e ocasionais desentendimentos entre investigadora e paciente — semanas se sucederam sem que nenhum dos dois emitisse um som, em teste de força de vontade –, tudo desaparece dos relatórios terminais de pesquisa. Mas estão cientes, os mais velhos, que neles não se denuncia indiscretamente o recurso a pequenas torturas, às vezes indispensáveis como às que recorri para que o investigado não esquecesse a subalterna posição hierárquica que ocupava na inédita experimentação.

Vem, aliás, a pêlo, o ineditismo do projeto, dando-me ensejo de resposta a certos colegas, os quais entenderam, tenho como de boa-fé, atribuir à minha falta de espírito corporativo não haver convidado algum deles para a etapa da execução. Devo advertir, a este propósito, que certas e nada recomendáveis peculiaridades de comportamento dos círculos científicos reclamam aberta censura para edificação futura. Em primeiro lugar, notifiquei em ofício regulamentar, conforme as regras de todos conhecidas, a natureza do experimento a que me aventuraria – dissociar o eu do eu, quando um deles é, indiscutivelmente, uma fraude, dispensando-se explícita anuência do suspeito, e na especial contingência de que nem o paciente nem os mais hábeis clínicos se mostrem capazes de, sinceramente, discernir qual é qual. Questão cientificamente nobre e socialmente valiosa, porquanto chega a assustar as autoridades, ainda mais do que aos homens e mulheres comuns, o número de habitantes cuja identidade é, na realidade, dupla, patologia só descoberta depois de cometerem infrações irreparáveis: soldados desertores, burocratas corruptos, políticos demagogos, e até eleitores sediciosos, que votam em candidatos contrários aos que seria de esperar. E aqui opto pela reservada atitude de não mencionar exemplos entre os camaradas desta ou de outra profissão liberal, embora seja de domínio público o já confirmado contágio da população de alta renda e educação pela moléstia da dupla identidade.

Anunciada a minha proposta de investigação em cartaz público, como demanda a regra, comuniquei no mesmo veículo o silêncio que desejava guardar em relação aos aspectos metodológicos do experimento. Pouco usual, concordo, mas conhecia minhas razões para ser assim precavida. Deixando claro, mais do que somente insinuado, tratar-se de matéria que, se bem-sucedida − a descoberta do Outro − valia um Nobel, imaginei ter sido sedutora o bastante para dispensar o esclarecimento de minúcias da metodologia por inaugurar. Estaria pronta a reconhecer falhas em minha conduta se porventura me fosse apresentado um roteiro metodológico, já testado e aprovado pela profissão, apropriado ao principal tema da investigação. Mas não existe tal roteiro, senhores, e a engenhosidade requerida prometia fama e glória aos bravos de espírito. Pequei por otimismo, pois se nenhum colega contestou publicamente o caráter secreto da tecnologia a ser utilizada, também nenhum se apresentou para co-participar da grande aventura. Eis o motivo da jornada solitária que empreendi. Não cabem agora, portanto, inoportunas reclamações. Tenho a prerrogativa de ser submetida a um julgamento de mérito, não de procedimento social. Aliás, se me permitem ligeira manifestação de franqueza, quero que a sociabilidade se dane. Estou em vias de divulgar sensacionais descobertas, equivalentes à quebra do código da Linear B, da escrita Maia, e talvez esteja às vésperas de revelação tão importante quanto a do princípio da evolução das espécies. Evolução ao revés, bem entendida. Descobrir como alguém regride à condição de um duplo, assim como as crianças, que em seus folguedos costumam ser elas e outra pessoa, isso nem o velho Freud se aventurou a imaginar. Julgava serem alucinações, histeria, que sei eu, ou melhor, o que sabia ele?

Pensando após o fato, estimo como benfazejo acaso me ver obrigada a labutar na ausência de um acompanhante, colega ou assistente de projeto. Duas cabeças pensam pior do que uma – eis a grande verdade da ciência – e duas intuições, se adquiridas por investigadores distintos, ocasionam perfeitos desastres ao multiplicar contradições. Duvido que a técnica de manter o Autor completamente isolado, sem a audiência de qualquer som ou eco, porém dispondo de cama confortável para dormir, quando então comida e água lhe eram deixadas, acudiria a um pesquisador convencional. Ele, provavelmente, daria início aos trabalhos, por orientação dos manuais, explicando ao paciente os objetivos do projeto. Pronto: estaria comprometida a qualidade da investigação. Ignorar o que vai acontecer com a pessoa é o primeiro mandamento dos torturadores, os quais costumam ser competentes na profissão. Para levar alguém a duvidar de quem seja, se recomenda deixá-lo completamente isolado. É infalível. São raros os seres humanos preparados para conviver apenas consigo próprios por muito tempo. Breve estará se perguntando o que faz ali, certamente o terão tomado por outra pessoa, se dirá, tentando fortalecer o espírito, mas qual? Quem se parece comigo? Como sou realmente, no físico e nos modos de agir? Possível que nem mesmo eu me reconheça se visto de relance, suspeita. Aí está, chegado o atarantado solitário a esta indagação, abre-se a vereda para o desembarque do cientista, quando experiente, na subjetividade do encarcerado. Não que o meu recluso se internasse explicitamente por este caminho. Disse e reitero que, além de ais e uis, nenhum outro som foi pronunciado pelo investigado durante os procedimentos. Nessas ocasiões é que melhor se pode apreciar a destreza do cientista. Está em suas mãos, ou melhor, em seu espírito, temperado por anos de trabalho, estudo e, indispensável, pelo aprimoramento de um nato talento discernir quando aquelas perguntas, embora não articuladas exteriormente, estão, na verdade, ocupando toda a subjetividade do paciente.

Em tais circunstâncias se comprova a insuficiência da autoridade livresca. Os profissionais lêem os mesmos capítulos dos volumes clássicos e tomam conhecimento simultaneamente das experiências que outros comunicam em simpósios. Portanto, são esses profissionais em tudo e por tudo semelhantes e igualmente capazes de conduzir a ciência vários passos adiante. Mas é o talento nato, colegas, aquele dom distintivo que faz de um grande profissional, mas apenas um grande profissional, um mestre, apto a enfrentar as questões limítrofes da vida, inclusive da sanidade dos sentimentos. Eis, enfim, a verdadeira essência do que estou doando ao mundo.

O que meus colegas jamais captaram foi a sensacional reviravolta que meu projeto estabelecia na compreensão conceitual dos distúrbios de personalidade. Andava entediada, se me permitem o desabafo, com os tratados sobre o comprometimento da razão, como se ela fosse a única vítima potencial de insanidade, enquanto os sentimentos, naturalmente cristalinos, só se embaçariam como conseqüência das agressões de uma razão enferma. Eis que me apareceu em clarão a subversiva hipótese de que sentimentos transtornados é que seriam responsáveis por desatinos da racionalidade. Delirantes originais são os sentimentos, sofrendo a razão de mera insanidade derivada. O louco normal não é o verdadeiro sujeito de suas emoções, mas o objeto delas. Não sendo cientificamente aceitável a hipótese de que existam emoções sem sujeito, o louco primário, elementar, exige que se investigue a real identidade do sujeito de suas emoções. Submerso nos desarranjos afetivos dos loucos de rotina vive em modéstia o regente do grande espetáculo dialético da vida cotidiana, o senhor da razão, hedonista dos prazeres atribuídos a outros, o verdadeiro Outro. Estava agendada a tarefa de minha subseqüente investigação. Ao contrário da vaidade que meus colegas me atribuem, desejo deixar comprometida por escrito minha conclusão de que os resultados do projeto encerrado, apesar de espetaculares, deram origem a surpreendentes interrogações, às quais devo dedicar meu futuro imediato, e que anuncio publicamente, como sempre faço: a comprovação da existência do Outro me revelou também o caráter ainda obscuro das relações entre sentimentos ensandecidos e razão impoluta. Meu próximo desafio não poderia ser diferente: 'Em busca do Sujeito.' Nada mais adianto, pois o momento é de exclusiva atenção ao Outro.

Diante do enigma que decidi decifrar – a descoberta do Outro – obtém-se mais que perfeita compreensão do milenar ditado de que o saber não é tudo. Serei audaz, colegas, e sustentarei que, na essência, para casos semelhantes, o saber não é rigorosamente nada. A intuição, a visão imediata, livre do aprendizado livresco e das lições passadiças, essa, sim, foi o escalpelo que compensou meu imenso esforço de entendimento e autorizou meus ouvidos a registrarem as perguntas que o paciente não fizera, ou melhor, não enunciara vocalmente. Foi quando se espantou consigo mesmo, em breve episódio anteriormente narrado, que começou, verdadeiramente, a descoberta do Outro.

As sucessivas etapas do tratamento estão criteriosamente descritas no relatório que apresentei. O período crucial do experimento estendeu-se pelas sessões em que, para convencê-lo de que era um duplo, confrontei-o com as opiniões e lembranças que minhas incursões conseguiam capturar em sua intimidade profunda, sem que o paciente pronunciasse qualquer frase. Sublinho, não passe por trivial, o caráter original e revolucionário da técnica. A fala do investigado viu-se inteiramente banida como elemento preparatório do diagnóstico. O aterrorizado silêncio com que me respondia, acompanhado pelos olhares agônicos que buscavam pontos de fuga, indicavam as oportunidades em que, sem sombra de dúvida, eu atingira o Outro, aquele que ele tentava desesperadamente proteger. Passo a passo, de revelação em revelação, levei-o a se deparar com inescapável dilema: ou reivindicava a paternidade dos sentimentos que eu desentranhava do fundo de sua alma — e ninguém em sã consciência os adotaria — ou se mantinha calado, denunciando tacitamente o Outro como o verdadeiro Autor das heresias.

Sou neste passo compelida a interromper a resenha do processo para lembrar-lhes que, salvo melhor juízo, nem mesmo durante a longa hegemonia das artimanhas inquisitoriais, buscando surpreender o demônio nos escaninhos menos prováveis, se inventou método mais sagaz de completa e muda imobilização do paciente. Nenhum gesto ou palavra seriam neutros desde então. Não havia onde apontar o dedo senão para o Outro ou para si próprio, nem som peregrino com o qual pudesse evitar o 'Sim, fui eu' ou o 'Não, foi o Outro'. Percebam que o mesmo 'sim, fui eu' implica o duplo, pois ela tem por efeito, a confissão, livrar o Outro de culpabilidade. O Outro, portanto, existe. Ouso dizer, tomando alguma liberdade literária, que a técnica seria satânica se não estivesse sacramentada e protegida pela ciência.

Com a aplicação da técnica de redução radical das alternativas, de minha invenção (perdoem o espasmo de orgulho), auxiliada por invasões cada vez mais certeiras na intimidade espiritual do Autor, promovidas por minha treinada intuição, também não sendo o caso aqui de injustificáveis recatos, ele era posto diante de opiniões e atitudes cuja crescente petulância desafiava a galeria inteira dos moralistas e cínicos que a humanidade teve a oportunidade de conhecer. Não lhe restou senão, pelo mutismo hermeneuticamente desmascarado, ceder. Houve momentos de lágrimas, minhas e dele, entendendo eu que confraternizávamos no progresso de sua difícil libertação das garras do Outro. Recaídas naturais em convalescenças similares não me fizeram esmorecer nem, devo elogiá-lo, alteraram a linha de conduta que o paciente havia escolhido desde o início do tratamento. Deste modo, por entre dores, fugazes instantes de desânimo, acessos de impaciência e violências pedagógicas, o experimento concluiu-se com brilhantismo. O Outro existe.

A presente investigadora aceita retirar-se do pódio, recolher-se à meditação sobre os desdobramentos de seu épico e recuperar forças para novos embates pelo resgate de uma humanidade que por aí vai atônita com seus desatinos e obscuros propósitos. Já até declarei qual a questão que, ainda confusa em meu pensamento, ocupará posição central em meu próximo experimento: quais são as reais conexões entre loucos sentimentos e razão, cartesiana ou dialética, mas, em todo caso, incólume? Não há, porém, como empalidecer os resultados da tarefa já implacavelmente realizada. Independem da natureza volúvel, arriscaria acentuar 'invejosa', dos competidores. Os séculos porvir servirão de sentinelas dos alicerces da nova era, construídos sofrimento a sofrimento, especialmente meus, tanto me fatigam os esforços para a libertação definitiva do meu semelhante. Dei uma contribuição, não hesito em qualificar, definitiva. Doutrinas inauditas foram confiscadas à alma insalubre do Autor, ainda quando resistia à tese de que abrigava um recôndito duplo e, no mesmo atrevimento, recusava a condição de proprietário das frases, dos períodos e dos parágrafos que, postos uns em seguida aos outros, compunham o tão afamado Acervo de Mal Dizer. O Autor foi, neste passo, surpreendido em contradição, e então dei por definitivamente comprovado o desenlace vitorioso do experimento, quando, em raro momento de concessão fônica, corrigiu o título da obra, chamando-a de *Acervo de maldizer*. Tive ganas de assiná-la eu mesma, tanto me custara trazê-la a lume."

# VI
## FOI POR ACASO

Foi por acaso. Mas compreendo o ceticismo. O que sei é que não havia passado em minha cabeça a idéia de contar tudo, nem mesmo de contar um pouco. Foi por acaso. Não havia passado a idéia pela minha cabeça, repito. Meu vômito era o vômito do ressentimento e da verdadeira história da formação de caráter. Não apenas do meu, mas do caráter do meu inimigo, meu semelhante. Conheço muito bem o meu semelhante e sua técnica de embelezamento dos monturos. Sei de sua origem e de suas simpatias. Somos próximos. Dá náusea acompanhar o arrependimento pelos pecados cometidos e a indulgência com que descreve a pocilga de sua própria história. É um exagero de tergiversação. Não me convencem os arrependimentos e só recordo exemplos de remorsos egoísticos, que existem. Não vou me estender sobre essa ginástica marota do espírito, coisa fina que aprendi às minhas custas, um dos recursos de desespero para salvar a pele. Está meio obscuro, mas é assim quando se é obrigado a usar as palavras para esconder mais do que mostrar. Sou um aprendiz nessa arte, o que não me adianta porque optei pela revelação. Vou mudar de assunto.

Em outras circunstâncias não retrucaria. Mas a senhora que ocupou algumas horas de um bom par de meus dias a pretexto de reportagem com cidadãos desconhecidos (e que assim permaneceriam) exagerou na falta de compostura. Sem mencionar o deslize de falsidade ideológica, pois se trata de uma cientista, ao que deixa entrever, em desatinada busca de notoriedade. A proposta fora muito atraente: pessoas comuns, maduras ou jovens, anônimas, em depoimento escrito sobre sua experiência do mundo, atendendo rigorosamente à exigência de nudez, isto é, a de fazer em voz alta aquelas observações e julgamentos que todos temos a respeito de nós e de outros, mas que não alcançam o júri popular para confirmação ou rejeição. Uma espécie de pesquisa de opiniões francas sobre o que o entrevistado escolhesse como tema de preferência. Por suposto, os anônimos continuariam anônimos, status alcançado, no meu caso, que sou milionário, com muita labuta.

De há muito eu sentia a ausência de uma arena que comportasse esse tipo de confronto, acolhedora da violência especificamente humana, a violência emocional, verbal, a serviço de juízos implacáveis, capazes de ferocidades sem precedentes. Estes jogos da verdade, para retempero da alma, obrigariam os tímidos, porém corajosos, a finalmente reconhecerem a força da própria audácia diante da prepotência dos crédulos na moral matriculada com certificado de garantia e reduziriam a escombros a fortaleza do discurso virtuoso protegido por cintos de castidade da grife do último *best-seller* enciclopédico econômico-filosófico europeu. Jogos para não deixar pedra sobre pedra dos cenários previsíveis das histórias de amor com gosto de gasolina adulterada. Os desafiantes conservariam a mais absoluta higidez e limpeza das praças de combate e só os participantes saberiam da extensão dos ferimentos, das dores e das mortes que ali tivessem lugar, sem que a nada se pudesse chamar de crime e a ninguém de assassino. A espécie humana elaborou sofisticado véu de despistamento, elevando a violência física ao principal patamar dos horrores, e sobre ela recaem exclusivamente as atenções e as leis. O ininterrupto embate espiritual de todos contra todos, sem limite, regulamentos ou juízes imparciais, permaneceu difuso, clandestino e inominado. Ocorre sempre, e sempre aleatoriamente, exposto ao acaso de encontros não programados e não registrados em arquivo. Não deixa de ter seu charme. Mas nada se perderia com a demarcação de espaço e hora de encontros abertos aos voluntários para a catarse da espécie. A proposta jornalística nem de longe se assemelhava ao meu devaneio, mas foi o devaneio que me a tornou simpática. Por isso concordei.

 É lamentável ser forçado a afirmar que o relato feito pela senhora do que teria acontecido, e que aqui reproduzi, é falso. Não fui seduzido, nem sofri vexames morais ou físicos. Ela nada extraiu de mim contra minha vontade e muito menos prospectou confissões através de meu mutismo. Dei meu testemunho por escrito, voluntariamente, conforme o acertado, e mantendo completo controle do que desejava e do que não desejava escrever. Apressou-se, a senhora, pois não entreguei tudo que havia escrito. Planejara terminar com a principal revelação que me afetou a vida, o que farei em seguida, e que servirá, coincidentemente, para demonstrar que a pseudotranscrição, dada a público por aquela senhora, capenga. É um documento capenga e algo delirante em suas considerações finais, deu-me a impressão. Lamento, e pela última vez, que não exista a arena a que me referi onde eu pudesse expor o que efetivamente se passou entre nós dois. Consigno que em nenhum momento essa senhora falou ou fala por mim.

Agora que desabafei posso expor, sem metáforas, opiniões que formei ao longo de uma vida mais reservada do que colorida. Mas nunca esqueci de chamar as coisas por seus verdadeiros nomes e de me obrigar, como exercício de flagelação, a preferir a verdade ao interesse. Dito a seco soa grandiloqüente, mas os dilemas que enfrentei foram de baixa caloria, nada que alterasse decisões políticas da ONU. Sem prejuízo de que, em minha modesta escala, houve oportunidades em que as conseqüências doeram pra cacete. Acho que essa resumida apresentação de mim mesmo é o lugar conveniente para declarar que minha simpatia pelo ser humano é qualificada, e sempre com um pé atrás. Não me estimula a compaixão nem a caridade. Tenho poucos escrúpulos diante da dor alheia, se sou obrigado a causá-la por necessidade de serviço. Entendam bem, não sou sádico, a presença da dor em terceiros não me dá prazer — somente não me traz desconforto. Sei do que sou capaz. Deixei muito claro isso. Mas, atenção, embora eu tenha um nome, posso ser qualquer um. Pelo nome e pela biografia não se palpita quem eu seja. Nome e biografia são pistas falsas das emoções. Acredite, sou seu inimigo das vísceras à água-de-colônia preferida e meu objetivo era feri-lo. Por razões que desconsideram faixas etárias e não me impõem aqueles deslocamentos que consomem a paciência. O desdobramento do conflito é confortável e posso sustentar o propósito de magoá-lo. Saberá por quê. Iria às portas do inferno, se necessário, mas não pensei em ir às coxas de minha mãe. Fui por acaso. Era esse assunto que estava me atrapalhando.

Selecionei de caso pensado as minhas lembranças, e, se quer saber, não há uma só inverdade no que narrei. As pessoas existiram, os nomes e apelidos são exatamente aqueles transcritos e os episódios, verídicos. O bairro continua lá e conserva a vila em que morei, na casa número cinco. É só investigar. Dou mais uma informação, ou melhor, duas: a primeira mulher-menina a perguntar se eu não me enxergava chamava-se, suburbanamente, Genecy, e a misteriosa J., a grande filha-da-puta, vinha a ser Joyce, desejada por todos.

Não digo o nome do filho do marceneiro por despeito. Mas também existiu, o come-quieto. Como vêem, não adianta saber quem é quem nessa história, ninguém sairá airoso dizendo que não é com ele. É, sim, por fortíssimas razões.

Não tenho lembranças por ilusão, nem as conservo por cálculo. Mantenho péssima opinião de quem, desde o início da infância, guarda bilhetes, bolinhas de gude e retrato da primeira comunhão, sempre pronto a dizer o nome da professora das primeiras letras. Impressionante. Eu jogo tudo fora, inclusive os nomes dos professores. Não houve quem me impressionasse ou servisse de exemplo. Inventei as noções do bem e do mal colhendo sobras de reflexões boêmias nas calçadas das ruas, nas esquinas de avenidas e no escurinho do cinema. Aprendi todo o resto de ouvido. Sou autodidata da sacanagem. Fui vítima de covardias físicas sem ir queixar-me ao bispo. Fiz das minhas. Provei de humilhações, engolindo em seco e representando a farsa de que não o eram. Não precisaria (não poderia) revidar. Fiz das minhas. Se eu fosse contar tudo, mas tudo mesmo, não teria palavras.

Duas coleções de cartas amorosas que, relidas depois da paixão, me provocaram rubor, foram rasgadas sem nenhum apego nostálgico. Bom era que ninguém jamais as visse. Foram endereçadas a dois amores especiais, quando acontecem na vida de qualquer homem: o primeiro grande amor e o amor que o levou ao primeiro casamento. Lidas retrospectivamente, eram apenas vagas lembranças e aquelas palavras, aqueles poemas (poemas!), aquela prestação de contas minuto a minuto, quero dizer, a descrição juramentada de como não as esquecera, as mulheres, a cada minuto do dia, eram de dar vergonha. Tão óbvia a impossibilidade de honrar os compromissos assumidos, tão flagrantemente anunciados como pequenos arrufos os motivos dos finais infelizes que, mais dia, menos dia, chegariam, para que mumificar os indícios? Lixo, e os arquivos ficam mais leves, a casa fica mais leve, eu ficava mais leve. As cartas que eu enviara me foram devolvidas por uma das destinatárias e as enviadas a outra eu as encontrei misturadas à coleção de dezenas de retratos de familiares conhecidos e desconhecidos. Dei cabo de tudo. Assim como de presentinhos, símbolos comemorativos de dois meses, três meses, quatro meses de namoro, ou anos de casados. Querem algo mais desconcertante depois que tudo acaba? Pois aqui estão: ursinhos que dizem "I love you", cartões de aniversário e isqueiros com monograma, mau gosto, coisa de bicheiro. Não conheço herança de paixões extintas que mantenha a dignidade. Por isso não tomei notas nem acumulei fitas do Bonfim, anéis de feira hippie, miniaturas de esculturas famosas, pôsteres com reproduções dos grandes mestres. Tudo assim, sucedâneo, segunda opção. Fora! Guardei os relógios e as canetas, de que faço estoque casual, mais por seu valor de uso do que por seu valor de troca amorosa.

As lembranças selecionadas são descontínuas por despiste e por ignorância. Não sei o que aconteceu na vida com fulano e sicrano que se machucaram durante o incêndio no Gran Circus Norte-americano, e que ajudamos a apagar. A palavra de ordem dos donos do circo atendeu ao que esperávamos – entrada grátis para o nosso grupo durante uma semana. É do que me lembro no capítulo "circos", uma bela transação de interesses. Compenso a ausência de documentação, por assim dizer, com os segmentos de memórias que recupero quando solicitado. Como naquela história do Coutinho. A delicada questão do destino a ser dado à adega do falecido Coutinho seria ajuizada sob minha palavra de honra, e minha palavra de honra estava pronta para comunicar a quem interessar pudesse que, de acordo com o que me recordava, era eu o destinatário expresso dos vinhos. Um tanto sem graça, ninguém pôs em dúvida a lisura da sentença. Essa história me veio à lembrança exatamente agora, sem qualquer significado transcendente. Nem vem à baila dissertar sobre quem era o Coutinho e como surgiu a pendência sobre sua coleção de garrafas de vinho e seu último desejo a propósito delas. É um exemplo do funcionamento da minha memória, muita coisa sem nexo, mas tudo verdade. Na maioria dos casos, basta perguntar que lembro.

Impossíveis de decidir, para mim, são os conflitos em torno de cronologia das causas. Eu dizia que os assuntos *interessavam* e por isso ficavam retidos na memória como *fragmentos* de história. Estava certo que meu tio-avô inverteria a ordem, o que fez, na réplica: "A memória retém *fragmentos* de história e aí *interessa* saber por quais motivos foram esses e não outros os trechos retidos." Era um espírito de porco, mas achava que praticava psicanálise com essas picuinhas. O tema era adulto, não assim a discussão. Lá pelos meus treze anos, apoiado nas leituras do clube do livro a que era associado e mais volumes como *Os grandes benfeitores da humanidade* e *História da civilização*, a exibição dominical era infalível. Buscava indagações cabeludas e saía posando de muitíssimo bem informado sobre matérias que, entretanto, eram de absoluta inadequação naquele lar de classe média baixa. Nem eu estava interessado na opinião dos presentes; queria era impressionar minha prima que, desde o ano anterior, se negava a continuar me mostrando os peitos. O meu tio-avô distribuía com generosidade opinião sobre tudo, além de sempre registrar a data de nascimento de personalidades e parentes mencionados ao longo das conversas. Alguém mencionava João e ele sacava – "É de 1918"; José – "Esse é de doze"; Joaquim – "De quinze, foi moleque junto comigo"; Carmem Miranda, Getúlio Vargas, Brigadeiro Eduardo Gomes, Orlando Silva, ninguém escapava, o homem sabia o ano de nascimento de todo mundo e não deixava de registrá-lo tantas vezes quantas fosse a figura mencionada. Um porre. Isso e ser do contra, eis o sumo da vida de um ser humano, nosso semelhante.

Esclarecendo o tema do debate, eu havia lido em um artigo de suplemento cultural algo a respeito de uma pesquisa sobre a memória das galinhas. Misturando reflexão com estilhaços de leituras, levantei a objeção de que a memória é seletiva, não consegue arquivar tudo que acontece, só o que interessa, e que para ter memória é preciso estar aparelhado com diversas outras capacidades. Para mim, concluía, galinha não tinha memória coisa nenhuma. O argumento, arrancado do poço da minha ignorância dos treze anos, era esforçado e o fato de o centro da discussão ser a "galinha" fora um achado de malícia juvenil; só a palavra me deixava excitado e toda vez que a repetia olhava para a minha prima, a qual em nenhum momento deu sinal de entender sobre o que eu estava falando.

Passados os anos que se passaram, cá estou às voltas, não mais com as galinhas, mas com o interesse da memória ou a memória dos interesses. Nem vou esticar a conversa com o cansaço que os problemas terminam por induzir. Esse da cronologia das causas já é, como se costuma dizer, careca e nem me deixa, também como se costuma dizer, de pau duro. Mas me comprometi com uma espécie de explicações necessárias sobre o meu acervo de maldizer e deveria, em princípio, tomar uma posição. São os interesses que se impõem à memória ou é a memória que, por razões lá dela, empresta interesse ao que preserva ou consegue recuperar ao buraco negro do tempo? Bem, meus caros, eu não faço, rigorosamente, a menor idéia, mas há um aspecto interessante a considerar. Posta a funcionar, a memória adquire grande autonomia, ao mesmo tempo que obedece ao comando do memorialista, por si mesma vai desfiando séries de imagens, eventos, pessoas, faces, nomes dos quais, digamos assim, o memorialista não se lembrava mais. Há histórias que o memorialista quer lembrar, outras a memória faz com que ele lembre. Aqui, bem o sei, entram os psicanalistas e o meu tio-avô, que era de 1915, e suas explicações do mecanismo que controla essa memória aparentemente autônoma. Que se danem.

Faço questão de ser metódico. Não reli o que escrevi e ignoro o que se deve ao comando do memorialista e o que teria resultado do movimento paralelo da memória seguindo uma lógica intrínseca, fora da consciência do narrador. Suspeito que essa sofisticação esconda uma fuga à responsabilidade. Não contem comigo. Fui eu que escrevi o que está escrito e em momento algum fui tomado por entidades transcendentais que me fizeram de instrumento de suas mensagens. Entre elas são enumeráveis os *ids* e os *quids*, além do espírito do médium Chico Xavier. Não tivemos comércio. O máximo que concedo se refere àquela sensação de embriaguez que de vez em quando, nem é freqüente, embala o redator que sente como se passasse a escrever mais fluidamente, como se a linguagem se encarregasse de escolher as palavras e a estrutura das frases para exprimir o que o memorialista quer dizer. Mas o memorialista sabe que o autor do que vai ser dito é ele e não a linguagem – na minha modesta opi-

nião de amador do ofício, esse negócio de escrita automática é uma charlatanice.
Outro tipo de embriaguez leva à exaltação. Experimentei uma ou duas vezes o rosto esfogueado, o batimento cardíaco pretensamente estimulado, a velocidade da escrita, por acelerada, provocando notório aumento na quantidade de erros de escritura. Era um entusiasmo pela possibilidade de comunicação, em certos momentos, e ardor combativo, em outros, quando estava muito presente a figura prototípica do meu semelhante, aquele auto-indulgente para além da obscenidade. Essa, aliás, uma das dúvidas que a releitura irá esclarecer: estará evidente que se trata de uma peça acusatória contra o oco essencial da existência, inclusive da do leitor, oco cheio de covardia, ora extravasando falsidade, ora cruel, de costas quentes?
Aqui e ali fiz menção a juízos sobre o meu semelhante, deixando a critério do leitor atribuir-lhe identidade mais precisa. Basta pequena dose de cumplicidade entre celerados para "semelhante" adquirir a pele de algum personagem de má reputação dentro da narrativa. Pois a discrição com que até agora foi tratado o problema da identidade do semelhante e a polidez, se me permitem um momento de fraqueza narcisista, com que o leitor foi distinguido a propósito do mesmo problema, podem ter favorecido o nascimento de uma coalizão de celerados, de ouvidos tortos e entendimento preguiçoso. E eis que o semelhante passaria por um "semelhante", figura a desaparecer com a última pági-

na da narrativa. Então, mais do que oportuno, é imperativo registrar que o semelhante de que se trata é também o leitor, que está, aliás, especial e formalmente convidado a se contrapor à narrativa, demonstrando por a+b que ela é falsa. Perdão, não estamos brincando de literatura.

O despudorado nudismo emocional do narrador só ilude os de má-fé e os de poucas luzes. Como disse antes, não há inverdades aqui, e agora mesmo repeti que não se está brincando de literatura. Não se ofereceu um espetáculo, não se exibiram artistas, ousados trapezistas sem rede a solicitar recompensa proporcional à audácia. Nada disso. Cada um sabe de que é feito o elemento específico da humanidade, o que a distingue dos tigres, dos vagalumes, dos cangurus, de todo o universo zoológico. A diferença, a individuação de cada um se revela justamente na extensão em que fique à mostra a argila básica, a mistura primordial que nos inclui em um enorme sistema de parentesco. Pronto. Chegou o momento verdadeiramente confessional, valendo uma conversão.

O sistema de parentesco da espécie humana é o mais grandioso espetáculo do planeta, sendo impossível a uma só pessoa familiarizar-se diretamente com todos os ramos e variantes do sistema. Há quem gaste toda a vida sem sequer tomar consciência do sistema de parentesco a que pertence, do qual a parentada próxima que conhece não passa de humilde molécula. Somem-se todas as demais espécies animais da escala humana (bactérias e mundo infra-humano fora da conta) e não chegam a nada diante dessa cadeia maior de bilhões de vigaristas, estupradores, criminosos, ladrões, espiões, traidores, adúlteros, delatores, covardes, hipócritas, invejosos, ciumentos, mentirosos, cínicos, mesquinhos, difamadores, depravados, todos secretos, todos associados pela parentela sanguínea, pela parentela ideológica e pela parentela da dissimulação. O grande segredo da espécie é o denominador comum da opção pelo mal, sempre que servido com a graça da impunidade. Quando se muda de perspectiva o mundo fica mais acessível à inteligência, conquanto perca qualquer apelo renascentista. Pelos últimos séculos se debateu a realidade do mal e uma possível concepção por via negativa, identificando-o à ausência do bem. O mal não existiria, apenas a carência do bem. Sempre o bem aparecendo como a inabalável referência da vontade, ordenadora das virtudes e dos pecados. Mas a grande revolução consistiu na substituição do bem pelo mal, cuja existência seria avassaladora e, para quem nela acreditasse, a existência do bem é que deveria ser demonstrada. Alterada a premissa maior, paradoxos desapareceram e as evidências dos estilos das espécies aparentemente contraditórios encontraram lugar apropriado. Foi por essa época que veio ao público de congressos científicos a decodificação dos princípios de organização parental da espécie, proporcionando a classificação de hábitos e costumes, inteiramente díspares, com inimaginável coerência. As conclusões dos estudos eram duras, chocantes e, ao mesmo tempo, denunciatórias das mitologias secularmente sustentadas, não poucas vezes com perdulária utilização da violência. A espécie humana, longe de ser a projeção de uma expectativa da bondade divina, está sujeita a um sistema de regulamentação do parentesco com base na prioridade concedida ao mal, isto é, ao catálogo de imemoriais perversidades, autorizadas pelo princípio fundamental que orienta o comportamento humano: o princípio da obrigação da sobrevivência. Tudo que é realizado pelos seres humanos tem sua raiz última fincada na obrigação de sobreviver. O princípio é justificação suficiente das ações dele derivadas. E a humanidade, às voltas com o problema do mal a partir de uma sólida certeza do bem, não se dá conta da imensidão implícita no princípio da obrigação de sobreviver, fonte originária do mal. O sistema de parentesco da espécie humana é uma gigantesca máquina de produção de iniqüidades, particularmente se beneficiada com a certeza de impunidade, e isenta de submeter-se à regra da não beligerância entre membros da espécie.

A máfia siciliana, a máfia corsa, a máfia russa, a Yakuza, a Mão Amarela, a KGB, o SNI e todas as combinações de criminosos inauguraram ramos laterais de parentesco em que faz parte do cardápio das malfeitorias um seguro de impunidade. Nada mais os distingue do resto da parentela. Contemplada a distância e despida de todas as ideologias legitimadoras, a humanidade, como singular sistema de parentesco, reitera um apavorante espetáculo de Sísifo, de criação e destruição permanentes, de incessante conflagração interna, de mortandades intestinamente patrocinadas, de monumentais e disfarçados genocídios e suicídios. É esse retrato o retrato de cada um de nós, retirada a maquiagem, a fantasia e o falsete intelectual. Sou a reprodução dessa magnífica obra da natureza, dessa parentela, quando me dispo emocionalmente. Que culpa tem, no caso da espécie humana, quem renega os seus?

Tomei consciência do singular sistema de parentesco a que pertencia logo que ingressei na universidade, mas a descoberta nada deve a ela; ao contrário, ocorreu durante o período em que eu não freqüentava sistematicamente as aulas. Melhor seria dizer, período durante o qual eu faltava às aulas sistematicamente. Meu débito junto à universidade é de outra natureza, mas a conversa, por aí, iria longe. Minhas conexões religiosas e nada era a mesma coisa, a religião sempre se saracoteando sob as formas menos respeitáveis, ora como evidente charlatanismo, ora como algo ridículo, ora como desculpa para discriminações, e eu acolhia as conseqüências de cada uma dessas razões para rejeição. A revelação de que o denominador comum da espécie era a atração para o mal, assegurada a impunidade, não me surpreendeu. Tive as lições do novo breviário esfregadas na minha cara desde muito cedo, antes do vestibular da faculdade, antes do primeiro orgasmo. Conheci, com as primeiras experiências de adulto, os termos de adesão ao sistema, a intensidade da devoção ao princípio do realismo materialista radical, o rigor com que era aplicado e a brilhante tática de traduzir a política da parentela do mal em linguagem simetricamente oposta, o jogo semântico de dissimulação e camuflagem. Deslumbrante o esmero ideológico dos grandes representantes da família das perfídias. A minoria desviante, sinceramente crente na ordem do bem, equívoco evolucionário, falava a mesma linguagem da elite da parentela e não havia como discernir uns dos outros. O cerco do mundo e o reconhecimento do domínio imperial pela espécie se dão em tratados, conferências e bulas diplomáticas transcritas nos códigos de significado da minoria. A ela não compete outra política, mas aceitar a legitimidade da suserania como se não o fora. Bom número dos primos dessa fantástica árvore de articulações familiares ignora a precisa posição em que se encontra na carta constitucional do sistema, o que explica, em parte, a generalidade do conflito que as boas almas chamam de guerra entre irmãos. Desconhecem o desenho geral da teia a que pertencem, mas, intuitivamente, sempre que explode uma indisposição mais séria entre os "bons" e os "maus", tomam naturalmente o lado dos "maus". Por misteriosa química, os transgressores se reconhecem e identificam por cima de oceanos e cadeia de montanhas. É fato corriqueiro e indisputável que a mobilização da vontade de multidões para fins de destruição é infinitamente mais fácil do que congregar um pequeno exército de pessoas de boa vontade para a prática do catálogo do bom cidadão. A discussão desses tópicos é monopólio de uma seção do sistema, os ilustres, ocupada na manutenção das aparências pela via da persuasão e da aceitação generalizada de um mesmo catecismo. A reação da absoluta maioria dos aparentados, contudo, em todos os cantões do universo, tem sido considerar a proposta de desenho constitucional único como outro surto misto de paranóia com megalomania. Continuam a se valer da dissimulação como a condição original do estar no mundo da espécie. O tom exacerbado da propaganda do sistema de parentesco da espécie humana, preservada a impunidade, deve-se ao entusiasmo para demonstrar que a consciente adesão ao perverso é uma alternativa natural, antes que a degradação de um universo, de outro modo paradisíaco, não fossem os efeitos corruptores da maldade. Mas não haverá guerra de posição, perseguições de hereges ou clínicas de normalização para os recalcitrantes ideológicos. Pôr em prática o catálogo do bem favorece a aposta de que a tática da dissimulação é suficientemente eficaz. Eles se reforçam mutuamente.

Dei a súmula de um curso inteiro de aprendizagem das funções e mecânicas da era do predomínio do mal, aprendizagem que me consumiu vários anos, embora, não obstante minha fidelidade, ainda não o pratique ou exponha tão bem quanto gostaria. Mas fui, nesta narrativa, suficientemente inteligível quanto ao retrato de todos nós, membros da grande família. Nada, aqui, além de um trote de calouros. Resta tempo à vontade para a iniciação de cada um nos valores agora prestigiados pelo gueto ilustrado, ultrapassada, é certo, a questão do reconhecimento de que esta narrativa é a verdadeira narrativa, em seus traços essenciais, da bula planetária do mal, mantida a impunidade. Começou aí a divergência entre as trajetórias de vários membros da coalizão oficial a que pertencia, na universidade e fora dela, e a minha. Mas a história indispensável está aqui resumida para que não se façam maiores adiamentos.

O sistema de parentesco da espécie humana foi o passaporte com que a literatura ingressou em minha vida, a grande racionalização para o usufruto descabelado de meus instintos, o *habeas corpus* de todos os excessos. Sempre fora um mutilado emocional, incapaz de governar as emoções primárias, secundárias ou terciárias. Fazia do incontrolável uma questão de estrita obediência a princípios que não aceitavam violação. Metia medo. Era tão fácil abandonar-me à cólera quanto à comoção, ao acesso de ira quanto ao de solidariedade. Eu vivia nos extremos desgastantes dos que não têm mais futuro, e não era senão um menino, mas depois um rapaz, um homem maduro, um velho, porra!, que não sabe se comportar conforme a idade. A esperança de que a constante ebulição das vísceras da alma amainasse se transferia de uma década de aniversários para a próxima sem que eu adquirisse o que a madrinha da filha-da-puta da Joyce chamou de "modos". Não tinha modos, tinha intuições interpretativas deste ou daquele gesto suspeito e reagia sempre em si bemol maior, fora de proporção. O queixo adiantado era uma advertência na expressão corporal, assim como o olhar perfuratriz que incomodava o escolhido para exame. As mãos não repousavam nunca, acompanhando a fala que esgrimia argumento atrás de argumento. Era um ás para encurralar o adversário em uma polêmica, a troco de nada e colecionando vitórias sem prêmios, reconhecimento ou conseqüências. Nenhum dos perdedores nos duelos retóricos se convencia das minhas razões e pouco tempo depois lá estavam a repetir as opiniões que, testemunhas presentes, haviam sido reduzidas a mingau de bebê. Para alimento de minha fúria, desprezo e doença mental, andei convencido de que havia uma conspiração cujo objetivo consistia em fazer de conta que meus argumentos não existiam. Sentimento que retornava nos contextos mais heterogêneos. Qualquer convite recusado denunciava um preconceito, qualquer esquecimento não era esquecimento, era discriminação. Foi um período de orgulho ferido e imagem borrada (disse que foi meu batismo psicológico na universidade?). A tudo ficava prometida uma desforra, uma ofensa equivalente, eventualmente um desafio para que a força indicasse onde ficara a razão. Podia ser cooperativo, desconfiado e truculento, em sucessão temporal, com intervalos menores do que cinco minutos. Pelos critérios da meteorologia humana, os grupos de que participava enlouqueceriam sem conseguir consolidar um padrão de comportamento coletivo, efeito da instabilidade em alta velocidade que inaugurei. Vivia em meio a um paralelogramo de temores e rancores, pronto a revidar o que entendia ter sido uma desfeita. Em estado normal sofria pela mutilação emocional e concebi o futuro como uma expectativa de graves desastres.

O sistema de parentesco trouxe a transcrição literária de minhas emoções e do mistério do mundo, tal como eu o via. Fez-se a luz. Desisti da ambição de ser compreensivo em relação a meus semelhantes. Eu compreendia tudo muito bem, sempre compreendera, antes que o vírus da investigação transcendental me enfeitiçasse. Não éramos quem éramos, diziam os interlocutores do invisível, mas outros, translúcidos de razão e virtude, estágio a que chegaríamos pela abnegação, tolerância, capacidade de compreender. Cada deslize cometido, cada ofensa ao código deviam ser, por sua vez, descontados como fatalidades da imperfeição humana e estímulo para maior dedicação ao ideal da pessoa transcendente. Foram três anos de submissão enquanto refletia sobre o sistema de parentesco da espécie e observava o que era comum no mundo. Rápido piscar de olhos em momentos impróprios, um "sim" atrasado não mais do que o espaço de uma asa de anjo, um excesso de razões suficientes abalaram a aparente solidez do catecismo humanista. Aqui, pra vocês, lembrou-me a memória da infalível sabedoria imoral dos desgraçados. Agi de acordo com os princípios de sobrevivência diante de perigo extremo. Em dúvida, não volte ao útero materno, volte à rua e a seus postos de observação.

O "Outro", procurado pelo humanismo de ascendência piegas, é a desculpa da hipocrisia do eu verdadeiro. O Outro é o semelhante, o parente desprezado, próximo ou distante, todos membros de uma espécie má e assassina, hábil como uma divindade artesã, dissimulada por instinto, ávida e precavida. O sistema da espécie humana aceita com infinita elasticidade a transcrição de todos os códigos, sublima todas as culpas, justifica a relatividade da moral e não dispõe de regras para ostracismo, muito menos para penas perpétuas ou execuções capitais. É impossível renunciar ao sistema, mas as posições são alteráveis segundo as regras de cada floração geográfica da espécie. Nada na espécie humana é, por princípio, destituído da possibilidade de transcrição literária no sistema de parentesco, e tudo aquilo que é literariamente transcrito é justificável. Tudo aquilo que é literariamente transcrito é justificável.

Os instintos e as emoções operam independentemente do conhecimento reflexivo que os indivíduos da espécie tenham do sistema geral. Provavelmente existem normas a serem obedecidas e cuja violação seja responsável pelos distúrbios psicológicos conhecidos. É sensato, em contraposição, imaginar que apareçam perturbações emocionais em indivíduos que se proíbam de prazeres em obediência a regras locais que contrariam, não obstante, as exigências do sistema. Por uma dessas selvagens e remotas hipóteses, não caberia considerar o dogmatismo com que os nossos semelhantes julgam, condenam, extraditam e isolam aqueles que infringem suas sagradas regras como uma espécie de loucura? Se as regras que idolatram contrariam padrões facilmente aceitáveis pela arquitetura do sistema de parentesco da espécie, de que direito se valem para vigiar e punir os desavisados que seguem os impulsos dos instintos, em uma intimidade de emoções que toca a todos? Chegado à fronteira do sistema, o caminhante conhecerá a idéia, ainda não mais do que a idéia, da enorme violência cometida pelos semelhantes sem dúvidas e sem desejos contra o semelhante para quem a vida se contorce em angustiante dúvida e na esmola dos desejos. Em princípio, o semelhante é inimigo do semelhante, seu algoz e verdugo, cada qual a tentar impor a sua convicção ao outro. Em sua fórmula exacerbada, cada um insiste em convencer o outro de sua não convicção. Somente a dor da revelação os fará humildes.

Se existem ou não tabus no sistema é enigma que aponta para uma agenda de questões totalmente inexplorada, e os tabus conhecidos, inventados por agrupamentos humanos particulares, não oferecem confiável promessa de que compatibilizem as crenças daquela singular comunidade e os requisitos do sistema mais amplo. No momento, não há como saber se os tabus das sociedades primitivas, tanto quanto os das sociedades industriais, não promovem, na verdade, desarranjos no funcionamento das normas do sistema geral. A obediência aos tabus e interditos locais pode ser uma forma de extrema loucura, se vista conforme o método operacional do sistema de parentesco da espécie. Coerentemente, a punição pela indisciplina não apela para sentenças desmedidas ou, em essência, vingativas, limitando-se a manter os desviantes em seu curso desviado. Os abstêmios continuam sem os prazeres da bebida, os ascetas sem os prazeres dos sentidos, os castrados, figurada ou materialmente, sem os prazeres do sexo. Do mesmo modo, a punição pelos excessos consiste nos efeitos dos excessos. A única forma de escapar à punição é evitar a indisciplina. A última mensagem que me chegou dos confins do sistema foi a seguinte: "A recomendação principal para evitar a loucura dos tabus é não tê-los." Entendeu?

Completei a cota de cumplicidade com o leitor, bastante generosa até, se ele aceitar incorporar a posição de adversário de vísceras e água-de-colônia do Autor. Elucidada a irrelevância da curiosidade sobre quais seriam os sósias reais da população do Acervo, o presente narrador dá por esclarecido o compromisso entre os episódios que se sucedem e a história material criada por algumas pessoas. É óbvio que tudo aconteceu do modo como contado. Que outra hipótese concederia ao leitor permissão para suspender a dissimulação que o cobre do bico dos sapatos ao gel dos cabelos e dar início à reescrita, privada embora, de sua história verdadeira, com suas covardias, suas violações de tabus, enfim, exercendo com convicção suas funções como humilde elemento do sistema de parentesco da espécie humana? Toda a nossa tragédia se contém na discrepância entre a irrelevância de cada um de nós na ordem natural da espécie e a grandiosidade da maldade de que somos, individualmente, capazes de fazer. É o mal que tenho a dizer.

Este livro foi impresso na Editora JPA Ltda.,
Av. Brasil, 10.600 – Rio de Janeiro – RJ,
para a Editora Rocco Ltda.